Las Galletas

LAS GALLETAS

ÓSCAR LIAM

PLA**SS**ON & BARTLEBOOM

PRIMERA EDICIÓN: enero de 2026
SEGUNDA EDICIÓN: febrero de 2026
TERCERA EDICIÓN: marzo de 2026
CUARTA EDICIÓN: mayo de 2026

ISBN: 978-84-10483-34-7
DEPÓSITO LEGAL: M-26956-2025
CÓDIGO IBIC: FA
DISEÑO DE COLECCIÓN: Daniel Mira
IMAGEN DE CUBIERTA: Saioa Arellano
MAQUETACIÓN: Alejandro Schwartz
CORRECCIÓN: Daniela Forero y Ana del Amo
IMPRESIÓN: Kadmos

El papel utilizado para la impresión de este libro ha sido fabricado a partir de madera procedente de bosques y plantaciones tratados con los más altos estándares de sostenibilidad, lo que garantiza una gestión de los recursos responsable con el medio ambiente y las personas.

IMPRESO EN ESPAÑA - PRINTED IN SPAIN

A mi abuela Elva
que es mi luz
por contarme cuentos
y por cuidarme

«En la memoria está la eternidad guardada
en el susurro de las voces que nunca se apagan».

DULCE MARÍA LOYNAZ

«Contar es darle vida a lo que de otro modo
se perdería en el silencio del tiempo».

ROSARIO CASTELLANOS

1. ¿DÓNDE ESTÁN LAS GALLETAS?

Aquí no se escuchaba ni un susurro cuando llegamos. Solo el ruido del viento y las olas. Aquel día de verdad que no se oía sino el ruido del camión que nos trajo, y luego nuestros pies descalzos pisando la tierra al saltar pa bajarnos. Lo único de lo que sí estoy segura es que en mi cabeza resonaba la voz de un vecino del Norte que se llamaba Fernando:

—¿Ustedes están locas o qué? ¿A qué carajo se van pa allá abajo? En ese Sur no hay sino guirres y corujas, ya verás tú que se las comen los guirres y se van a acordar de mí, las van a descuerar. Bueno, se van a acordar de esto, de su casa, porque no se olviden nunca que su casa es esta.

Verdad era, estaba esto lleno de pardelas, de guirres, de corujas, de pencas, picón vivo, verodes por todos lados y tabaibas. No había calles divididas, ni piche en el suelo, era todo de tierra y arena. Eso fue lo que encontramos, casi un desierto, pero también un pedazo tierra donde vivir. Ya había gente asentada aquí. Ya eran galleteros de segunda o tercera generación, sus abuelos habían bajado de Aldea o del Valle porque eran pescadores, y tenían ellos sus chozas ahí pegadas a la orilla de la mar, donde dejaban las barcas.

Lo que más me llamó la atención al principio fue el nombre, Galletas. Yo no entendía por qué le decían así si aquí no había ni una. Un día me dio por preguntarle al más viejo que estaba en el salón. Me dice siéntate niña, ponte café, que hay recién hecho y escucha:

—Del nombre del pueblo he escuchado yo tantas historias. Me dijeron que hace cientos de años un barco se encalló ahí enfrente del Morro Cubas y venía de Francia cargado de galletas. La mar las arrastró y se quedó todo el bajío cubierto de galletas chiquititas de esas, por eso le pusieron el nombre al pueblo. Otros dicen que se lo pusieron los primeros franceses que llegaron, porque callao en francés se dice parecido a galleta, a guijarro, algo así era. También escuché que es del portugués de la época de la conquista. Cuando llegaron los españoles, también llegaron portugueses, y llamaron a esto Caleta, que tiene sentido, la verdad, y será que con los años se fue convirtiendo en galleta. Es que hay tantas Caletas en Tenerife que no nos íbamos a diferenciar. Los más antiguos decían que los guanches llamaban a este trozo de tierra *Gaña,* a lo mejor de ahí fue cambiando hasta el día de hoy.

El hombre se ve que sabía, no sé si por viejo o por leído, pero conocía toda la historia del pueblo, de la isla y de la conquista. Yo, de todas las cosas que me contó, me quedo con la del barco, yo sé que no, niño, que seguro que eso fue un cuento que se inventó alguien, pero es el más bonito o el que hace más gracia. En el hotel cuando los extranjeros preguntaban por el nombre del pueblo solo le contábamos esa parte, por reírnos y dejarlos creídos nada más. ¿Te imaginas? Toda esa playa llena de galletas.

2. LÁGRIMAS NEGRAS

¿Ya te vas? ¿Dónde vas con pantalón bajo, muchacho? Te vas a guisar con el calor que hace hoy. ¿Sabes a qué me recuerda este turrero?, siéntate aquí un fisquito que hice café. Me recuerda al día que llegué yo a este pueblo, hace ya más de setenta años por lo menos. Que vieja estoy, Jesús... ¿Te conté yo eso ya?

La primera vez que puse los pies en este pueblo debían ser las dos de la tarde o cerca, lo recuerdo por el sol picón como este que hace hoy. Ese día nos fuimos de casa temprano, de nuestra casa del Norte te quiero decir, por lo menos serían las ocho de la mañana, no mucho más tarde de las ocho, no. Éramos tres casas de familia las que esperábamos a que llegara el camión que nos iba a recoger pa llevarnos al Sur. Nos habían dicho que estuviéramos en hora, que el camión no esperaba por nadie. Pues a las siete estábamos mis seis hermanas, mi hermano, mi padre, mi madre y yo, sentadas por fuera de la que fue siempre nuestra casa con todas nuestras cosas encima. Nuestras cosas que no eran más que dos maletas, mira tú.

—¿Ustedes son Los Clarines? Nos preguntó el del camión.

—Nosotros diez, le dijo mi padre señalando pa mis hermanas y pa mí.

—Venga suban, el viaje está pagado, lo pagó Anselmo por adelantado. Me dijo que se lo contara cuando ya estuviesen montados porque si no usted no lo iba a coger, que le dijera que es un regalo de despedida. ¡Arriba!, venga espabilen, que tengo que dar un chorro de viajes hoy por el Sur.

Era un viaje largo, no es como ahora que en un ratito te pones del Norte al Sur de la isla. El camino era por carretera de tierra, brincando piedras, bajando y subiendo barrancos empinados, sí, yo sé que la distancia sigue siendo la misma, que los pueblos no se han movido, pero como en la vida, mi niño, antes te tropezabas con más cosas pa llegar a los sitios. No hablábamos casi, lo único que se escuchaba era el ruido del camión, las llantinas nuestras, y a mi padre: «Cállense, estense calladas, ya están de jaquecosas y todavía no hemos ni llegado».

Bueno, esto no era un pueblo ni era nada, no había sino tres casas de los barqueros ahí a la orilla de la playa, esto era todo campo y todo tierra, eso le decía yo a mi padre, aquí no hay sino tierra seca. Tú mirabas pal frente y solo veías azul y marrón, un cielo grandísimo y la tierra que se te perdía hasta donde llegaba la vista sin un fisco de monte. Venía mucha gente del Norte como nosotras, gente pobre que no tenía trabajo y había escuchado que aquí había de sobra. En el Sur se necesitaban muchas manos pa trabajar tanta tierra. No, no nos miraban mal, no le quitábamos trabajo a nadie porque había pa todos, eso son boberías que se dicen ahora, que los que vienen de fuera buscando una vida vienen pa fastidiar. Llegó mucha gente en aquellos años que vinimos nosotras, y de La Gomera ni te digo. Si te pones a mirar, todos tienen sangre del Norte o de La Gomera en este pueblo.

Nosotras no queríamos venir pa abajo, eso fue cosa del viejo, desde que nos enteramos que íbamos a dejar nuestro pueblo lo volvimos loco pa que se echara pa atrás, pero qué va, no hubo manera, ahí arriba había mucha hambre. Mira que cuesta dejar toda la vida de uno atrás, la casita, los vecinos que eran como familia, nuestro Norte, mi querido Norte. Ustedes hoy no saben lo que es el hambre. Me acuerdo que vine llorando todo el camino. Me dio tiempo de echar pa fuera toda la pena que cargaba, bueno que si me dio tiempo, entre la polvacera que levantaba el camión y los llantos míos, tenía la cara llena de lágrimas negras.

Pues al llegar el camión nos soltó como a sacos de cemento y ahí mismo nos quedamos. Había que caminar un rato más, hasta donde termina lo que es este pueblo ahora más o menos. No sabíamos ni a dónde íbamos, bajamos de allá mandados por el amigo de mi padre. El hombre del camión nos dijo: ustedes caminen todo diestro por la orilla hasta que vean salones, no hay mucho más, lo van a ver seguro porque no hay otra cosa. Después de un rato caminando ahí estaban todos pegados, los cuartitos donde vivían los trabajadores y sus familias. Decían que uno era pa nosotras. Yo no paré de quejarme y llorar en todo el camino, pero cuando vi donde íbamos a vivir lloraba y maldecía, le eché mil maldiciones al viejo por habernos arrastrado con él. Estese callada, que al final llora de verdad, me decía el viejo, aquí por lo menos vamos a comer y trabajar. En el Norte no es que tuviésemos una casa grande, pero tampoco vivíamos las siete hermanas en el mismo cuarto, aquí sí. Yo pensé pa mí: en ese fisco de cuarto no cabemos, aquí no cabe ni siquiera nuestra pena.

Esperando por fuera de las chozas a que nos dijeran cuál era la nuestra, en la que íbamos a vivir, yo solo pensaba en el pueblito, en el nuestro, no en ese malpaís del demonio y todo ese volcán donde acabábamos de llegar, pensaba en el verde, con sus flores, su montaña, y en el olor a monte. ¿No lo hueles tú en el coche nada más pasar la cumbre?

En el tiempo que estuvimos ahí sentadas hasta que llegó el encargado del salón se acercó un perro, sucio y calladito, oliendo todas nuestras ropas que también estaban sucias y tampoco decían nada. Nadie le hizo caso, nadie miró siquiera pal perro, todas seguían calladas como si no estuviesen ahí. Solo el silencio, pensando, no sé si en el pueblito como yo o pensando en otras cosas. El perro se arrimó a mi padre, lo olió todito como diciendo este no es de por aquí cerca, levantó la pata y le meó todos los pantalones y los zapatos. Yo no me pude aguantar la risa, mis hermanas se aguantaron pero yo no pude, a mí me salió de dentro del alma:

—¿Ha visto, padre, a lo que hemos llegado? Hasta los perros nos mean en este infierno. Allá arriba no había trabajo, pero por lo menos se nos respetaba y los perros no nos meaban.

Yo creo que lo que le dije le llegó dentro porque no se enfadó tanto. Me mandó a callar pero no se puso bravo. Fue tanto lo que lloramos todas; de risa, de pena, de dolor, de recuerdo y hasta de miedo.

3. ABUELA PADESCANSE

¿Viste como llegas tú a veces los domingos? Así medio contento llegaba mi padre los domingos también. Se pegaba toda la semana trabajando, el día libre aprovechaba y salía con los amigos a parrandear. Igual, igualito que tú. Entre semana no bebía ni una gota de alcohol. Bueno, una copita de vino tinto pa comer solo. Pero los días que libraba, agüita. Y siempre alegando, cuando llegaba medio rascado por todo alegaba. Si le decías algo seguía y seguía toda la noche, no se callaba. Mi madre nos decía: «Ustedes cuando él llegue ahora cállense, que él se aburre de hablar solo». Eso sí, nunca faltó a trabajar, por muy tarde que llegara, o por muchos vinos que se bebiera, él siempre era el primero en llegar.

Una noche llegó con ganas de alegar y como nos había dicho mi madre, nadie le contestó. Como si no existiera, como si no nos hirviese la sangre escucharlo. Entró a tientas sin encender la luz, no sé pa qué, no nos despertaba con la claridad pero nos despertaba con las boberías que hablaba. Se pegó más de una hora hablando con la oscuridad, yo creo que no atinaba a encenderla, no era por no molestarnos sino que no daba con la luz.

—Pues será que no hay nadie hoy en esta casa. O no hay nadie o se quedaron mudas. Esta noche me quedo solo en la casa parece. La madre que me parió, coño. Hoy no rechista nadie.

¿Nadie dice nada? Se pegan toda la semana como cotorras y hoy que quiero hablar yo no habla nadie.

Y seguía, no sé qué de su madre y su santa madre, pobrecita mi abuela padescanse. Echando diabluras por esa boca, cagándose en cosas que no tenía que cagarse y maldiciendo lo que no tenía que maldecir. Yo estaba acostada con una prima mía que a veces se quedaba en casa y otras me quedaba yo en casa de mi tía con ella. Me entró una calentura, muchacho. Me dio una rabia esa noche que no se callara, encima que no le hacíamos caso el pesado seguía. Alargué la mano en la oscuridad, sin ver ni saber lo que estaba buscando, cogí lo primero que encontré en la mesa de noche y lo estampé contra la pared, creo que era el mechero que había dejado él cuando entró.

—¿Eso qué fue, carajo?

Nadie contestó. Estábamos todas despiertas pero nos hicimos las dormidas, alguna se puso a hacer hasta ruidos de ronquidos. Mi prima y yo mordiendo la sábana pa que no se escucharan las risas. Estuvo un buen rato preguntando qué carajo había sido eso.

—Pues, ¿qué va a ser? Tu madre, de tanto nombrarla salió a ver qué querías —le dijo mi madre—. Está la pobre mujer descansando, Dios la tenga en la gloria, y tú nombrándola. Y cállese ya, que nosotras también queremos descansar.

Al viejo no se le escuchó más en toda la noche. Ni al día siguiente, ni al otro. Llegaba a casa, comía y se metía en la cama a dormir. Parecía que le habían cortado la lengua, o como él nos decía a nosotras, que se había quedado mudo. Estuvo unos cuantos domingos sin salir de parranda con los amigos. Después de un par de semanas una prima nuestra lo escuchó hablando con su cuñado en el bar:

—Cuñado, yo creo que tengo miedo, la otra noche se me apareció la vieja en casa. No vaya a estar diciendo nada por ahí, que después la gente se piensa que uno cree en brujerías de esas o que se está quedando loco. Usted cree, ¿no? Si nombras mucho a los muertos aparecen, eso me dijo mi mujer; verlos yo todavía no los he visto, pero estuvo en casa la otra noche. ¡Ay, madre! Perdóneme.

Al tiempo se le fue olvidando, empezó a llegar otra vez los domingos medio alegre, por no decir borracho, Dios lo tenga en su gloria. Llegaba alegando y alegando como si ya no tuviese miedo. Valiente con sus amigos y la guitarra en la mano y empezaba dale que te pego. Pero yo ya sabía, pa callarlo solo tenía que agarrar cualquier cosa y lanzarla dentro del cuarto. Ya ni preguntaba quién o qué había sido, ya tenía metido en la cabeza que era su madre y se metía calladito en la cama, no resollaba más. Ay abuela en padescanse, si usted supiera.

4. CON SUS PROPIAS MANOS

Cuando tú naciste esta calle era una carretera de piche. Una carretera normal como las otras del pueblo en la parte que no es peatonal. Como hay tanta gente nueva se piensan que esto ha sido así toda la vida. Por aquí pasaban los coches enfrente de casa, había dos aceras bien estrechas que dos personas juntas no podían pasar. ¿Te acuerdas tú de eso? Eras muy chiquito pero seguro que algún recuerdo te debe quedar. Le vino bien al pueblo que la hicieran peatonal, esto le dio vida a las calles. ¿Cuánto pasó ya, veinte años? Por lo menos, sí, así que te tienes que acordar. Cuando nosotras llegamos no era ni calle, era todo tierra, no digo calles de tierra, es que no habían calles, era todo picón del volcán como el que ves ahí por encima de la escuela. No había casas, ni terrenos separados pa saber que uno era uno y otro era otro, todo era un terreno, el pueblo entero era de un hombre rico que vivía aquí. Yo qué sé, a mí no me preguntes de dónde consiguió todo eso. A mí cuando llegué me lo dijeron:

—¿Ves el hombre aquel del sombrero blanco? Pues es el dueño de toda esta tierra. Él es el dueño de los pedazos que trabajamos y de los que no están trabajados también. De todo, sí, hasta donde te llegan los ojos a ti. Dicen que está vendiendo pedacitos pa que la gente se haga sus casas, en las chozas del empaquetado ya no cabe tanta gente, ya somos muchos los que estamos aquí trabajando. Pero vete tú a saber si es verdad. A lo mejor algún día alcanzamos nosotras a comprar un pedazo de terreno. ¿Te imaginas? Nosotras con una casa propia aquí.

Después de unos buenos años trabajando en los tomateros, también cargando piedras y un tiempo que estuvimos cogiendo algodón, compramos este pedazo de solar y lo fuimos levantando poco a poco. Si lo miras con el dinero de ahora nos costó una miseria, pero en aquel momento era distinto, nos costó bastante sudor, mi niño.

Tu abuelo y Eusebio, el de enfrente, el de Carmelina, ¿sabes? El abuelo de tu amigo, coño. Entre ellos surcaron la tierra pa ir trayendo material con las carretillas. Hicieron una veredita pa poder pasar con los sacos de cemento que íbamos comprando y la pila de bloques. Partiendo piedras a martillazos pa arrimarlas y dejar el camino hecho. Trabajamos como burros. Ellos trabajaban en el campo pero eran obreros, albañiles. Ellos hacían casas claro. Por la mañana a la huerta y por la tarde a hacer algún cáncamo que les salía de gente conocida.

Las casas de esta calle casi todas las hicieron ellos dos. A veces los ayudaba algún amigo si iban con prisa pa terminar. Y yo también ayudé en mi casa, no te creas tú. Bueno que si cargué yo sacos de cemento, y subiéndolos con una cuerda hasta la azotea. ¡Si un mes cobrabas un fisquito más de lo que acostumbrabas comprabas dos sacos de cemento, un par de bloques y los ibas colocando de a poquito! Así con los años fuimos haciendo esta casa. No te creas que fue en dos días, tardamos años, aquí no nació tu tío, él nació en el salón. El que sí nació fue tu padre, no estaba la casa terminada, teníamos un cuartito. Mientras se trabajaba y se iba levantando nosotros seguíamos viviendo en las chozas en el Salón de Don Virgilio. Mi padre sí vivía en la casa de allá de la playa, en La Punta del Viento, ahí le dejaba yo a tu tío a veces, porque claro, salías pa los tomateros antes que el sol y por la tarde volvías a trabajar en la casa y el sol tampoco estaba ya, yo no podía con todo, mi niño. No, a mis hijos los crie yo, no digas machangadas, mi madre me ayudó alguna vez pero a mis hijos los crie yo. No me vengas tú a decir que nadie me los crio.

Al principio era un cuartito con dos camas y un poyo donde yo cocinaba con un fuego de leña, era eso, no había más. Después el salón donde ustedes tienen el bar ahora, ahí nació tu padre y al final se quedó como salón donde hacíamos las parrandas y los tenderetes. Ellos dos, tu abuelo y Eusebio, con un par de amigos más fueron los que hicieron todo, los que juntaron a la gente pa trabajar pero también pa hacer la calle, me refiero al pueblo, a la comunidad, eso también ayudaba. Nos sentábamos por fuera de las puertas a pelar las papas, a asar un pedazo carne que conseguía alguno y así nos conocimos, nos hicimos como familia sin serlo, pero mira, hasta el mismo día de hoy. Así fuimos levantando esto, construyendo lo que tenemos, que tampoco es mucho pero es nuestro, el sitio este donde estamos sentados. Ay, si tú supieras, tú no sabes nada más que lo que yo te cuento. Ahí sí era consciente de lo que costaban las cosas, contabas cada saco de cemento en gotas de sudor y lágrimas. Y ya solo quedamos tres o cuatro que sabemos lo que era esto.

¿Qué dices? ¿Que no te lo imaginas como era eso? ¿Y tú te crees que cuando yo llegué aquí me podía imaginar que esto iba a ser así, mi niño? Si el día que yo llegué o el día que empezamos a hacer esta casa me dicen que hoy iba a ser así como lo estamos viviendo tampoco me lo hubiese creído pero es así, a cada uno le toca su momento, tú tampoco vas a conocer este pueblo que están viendo tus ojos cuando seas un viejo como yo, acuérdate de mí.

5. LA HISTORIA DE MANUEL

Robar siempre se ha robado, pero antes se hacía pa comer solo, porque había gente que pasaba hambre y tampoco se iban a dejar morir. Que está feo también. Pero bueno, eso sí se puede llegar a perdonar. Me acuerdo de Manuel, el de La Montañeta, allá en La Vera donde nacimos nosotras, se juntó con una que era ladrona y ahí se echó a perder el pobre. Se metían en las huertas a robar calabazas y bubangos, pero ya no era pa comer, era pa hacer perras ellos, pa después ir a venderlos por ahí en los mercadillos o a las ventas. Él no era malo, nosotras lo queríamos un montón porque con los vecinos siempre fue muy dado, muy atento y nunca lo vi yo faltarle el respeto a nadie del pueblo, lo que pasa que se metió a robar con aquella y cogió mala fama, mi chico el pobre. Si alguien que supiese escribir contase la vida de ese hombre se hubiese sacado un drama, una novela o una película de las del cine, eso te lo juro yo. Porque todos los días era una historia nueva, todos los días se embroncaba con la policía o lo iban a buscar a la casa pero siempre estaba metido en algún jaleo.

La guardia siempre lo estaba buscando. Lo metieron preso más de diez veces. Entraba y salía, a la que salía volvía a robar y lo volvían a coger, cuánto tiempo se pegó así, años y años hasta que nosotras dejamos el pueblo y nos vinimos pa abajo estuvo así. Mira que le llevé comida a la cárcel con una sobrina suya. Yo tenía ocho o nueve años, pero me acuerdo de entrar allí como si fuese ayer mismo. Decían que una cuidadora de esas de la prisión les daba buenas cueradas a los presos, los tenía siempre molidos a palos a los pobres. Yo sé que si la haces la pagas, pero aquella diabla se pasaba, ellos ya estaban allí cumpliendo la condena por lo que habían hecho. Eso decía la gente en la calle, yo no llegué a ver como pegaba, pero sí vi a Manuel lleno de moratones por la cara y las costillas. Uno no sabe, pero cara de eso sí tenía aquella mujer.

Cuando nosotras, las niñas, veíamos a la guardia llegar ya sabíamos que era por él, allá en ese pueblo no pasaban cosas malas pa que ellos vinieran mucho. Entonces cuando iban llegando siempre le gritábamos: ¡Manueeel, la guardia, Manueeel! Y él salía como una escopeta pa la montaña a esconderse y desde ahí arriba los veía, llegasen por donde llegasen. Si ellos subían por un lado él bajaba por el otro. Nunca lo agarraban, si él atinaba a subir a la montaña siempre los dejaba de lado.

Un día llegaron más de ocho patrullas, habían aprendido; las otras veces que venían dos policías a buscarlo, ni lo veían. Manuel, como siempre, escuchó el barullo de la gente loca gritando por él, avisándolo de que ya llegaba la guardia, le dio tiempo de correr por la montaña pa arriba, pero eran tantos que la rodearon entera. Ellos ya sabían que siempre tiraba pa ahí, así que mandaron a más de veinte policías que no le dejaron ni una veredita pa escapar. Su padre vio que ya lo tenían pa trincarlo, que tenían la montaña rodeada al completo y que su hijo, Manuel, de esa no iba a salir. Se metió el viejo en las plataneras que habían al lado de La Montañeta y se puso a abanar con las hojas de las plataneras, corriendo de un lado pa otro, abanando de un lado y de otro, haciendo ruidos pa engañar a los guardias. A la que unos cuantos de ellos fueron a mirar en las plataneras salió Manuel corriendo como el viento por el camino que le había abierto su padre. Estuvimos un tiempo sin verlo, pero por lo menos ese día no lo cogieron.

Al tiempo apareció. Volvió guapito, que hasta la gente del pueblo se lo decía, que le había venido bien el tiempo que se estuvo fuera. Pero qué va, a ese lo tenían acechado. A las pocas horas de volverse pal pueblo lo trincaron. Parecía que sabían dónde iba a estar porque no le dio tiempo de esconderse, casi ni de correr. Vete tú a saber si alguna de las vecinas avisó a la policía. Intentó escaparse pero le pegaron un tiro y ahí se quedó.

Mi padre no me dejó ir al entierro, decía que no era un entierro normal, que las niñas no podían ir al entierro de un asesinado. Me lo perdí, pero todo se supo después, a mí me lo contaron nada más acabarse todo. Lo llevaban al cementerio encima de una tabla, así mismo como estaba, lleno de sangre, con la misma ropa que lo habían matado. Dicen que de camino se oyó a una mujer decir:

—Ese no está muerto. Te juro que lo acabo de ver abrir los ojos.

La gente que estaba en el entierro ni le hizo caso, le gritaban: «Cállese, mujer, ese cuerpo todavía caliente y usted hablando boberías». Lo metieron en el nicho, le hicieron la misa y lo dejaron abierto hasta el día siguiente que el sepulturero pasaba a tapiarlo. Pues muchacho, al día siguiente llegó el hombre a tapiar eso y dice que Manuel no estaba. El agujero estaba vacío, pero que cuando miró un fisquito más allá, en el suelo, estaba el cuerpo. Se ve que había saltado y se arrastró porque había un rastro de sangre desde el nicho hasta donde lo encontró. Al final tenía razón la mujer aquella, iba vivo por el camino. El muy diablo se intentó escapar la última vez.

6. ADULONAS

Otra vez hay protestas de esas, no sé si es en Francia o en España, yo creo que es pa allá pa Francia. ¿Francia por dónde está? Ah, cerca de Cataluña, vale, vale, tranquilo niño. Pues cuando tú vivías en Madrid cada vez que salían manifestaciones de esas en las calles yo me pegaba a la tele a ver si te veía. Sí, sí, no te hagas el bobo que yo sé que estabas metido en algo de eso. Me ponía nerviosa, eh, porque yo sabía que tú ibas. Yo decía: ¡Ay mi madre! Que me matan al chico en esa península. No dormía en toda la noche, eso sí te lo juro yo. Hasta que no me llamabas al día siguiente yo estaba con el barrenillo en la cabeza. Aquí también pasan cosas pero como en esa península no, que un día sí y otro también están matando a gente y robando, ahí hay más golfería que aquí, no me digas tú que no. ¿Que hay más cosas porque vive más gente? No me seas bobo, ahí hay más delincuencia. Yo decía, vete tú a saber si a la policía le da por dar palos y le dan un mal golpe al niño. O se ponen locos y pegan tiros, Dios no lo quiera. Menos mal que te viniste ya pa acá.

Pero mira, lo que te quería contar, estate un ratito ahí, ¿qué prisa tienes?, ¿a dónde tienes que ir? Siéntate, ¿tú sabes que nosotras una vez hicimos una huelga? Que sí, hombre, una huelga de verdad. Claro, cuando trabajamos en la cocina del hotel en

29

Tenbel. Estábamos en el sindicato todas pa que no nos engañaran. Que no es que fuésemos comunistas, ni sindicalistas ni nada de eso, ¿estás loco? Era solo pa que nos subieran la paga. Nosotras no destrozamos nada, no fue una huelga de esas como se ven en la tele pegando fuego a los coches y rompiendo todo. Solo nos sentamos en la plaza con unas pancartas, unas pitas y los calderos. Haciendo ruido nada más, si eso era lo que queríamos, que nos escucharan. Esos días no nos presentábamos en el puesto de trabajo. ¡Se montó un pitote solo por eso! Nos sentábamos en la rambla, allá en la plaza donde está la iglesia, donde se hace el baile ahora por las fiestas de La Virgen del Carmen. Esa era la huelga, más no se podía hacer. No se podía ni queríamos hacer más. ¿Tú me ves a mí tirando algo o rompiendo algo? Ni por cuánto. Al final nos lo subieron, pa que veas. No hace falta ser destrozadores ni animales pa que te escuchen, si tienes razón la tienes. Ahí se vio que eramos nosotras las que sacábamos la empresa esa pa delante.

Mientras estábamos muchas de nosotras de huelga, perdiendo los días de trabajo, y los días de sueldo, claro, había tres o cuatro que iban a trabajar a escondidas. Se creían que no las veíamos, las acechábamos: las muy zorritas se metían al hotel por la Punta del Viento, por atrás, por el llano de tierra donde se aparcan los coches ahora. Sí, donde está la casa donde vivió mi padre. Ellas iban temprano y se metían por detrás de la montañita esa pa ir a trabajar. Cuando las trincamos se lo dijimos:

—¿Qué? ¿Nosotras bien jodidas que estamos y ustedes a jodernos más? Si siguen yendo a trabajar no vamos a conseguir nada. No va a servir de nada el tiempo y el dinero que estamos perdiendo aquí, no sean adulonas que la empresa no les va a regalar nada. Si esto que estamos haciendo es pa todas, hagan caso, esto es pa ustedes también.

—Nosotras no vamos a estar perdiendo el pan de nuestra casa porque cuatro bobos peludos se empeñan en no ir a trabajar. Esos de las Comisiones Obreras las tienen a ustedes en el aire, las tienen engañadas, toletas. Parecen bobas ahí sentadas todo el día en esa plaza tocando esas pitas. Vayan a trabajar o cuidar a los hijos.

Ni que fuese mucho pan lo que ganaban antes de eso, machangas. Anda, adulonas. Eso es así en todos los trabajos, siempre hay aduladoras, que se piensan que se van a quedar ellas con las empresas, pa que los jefes las vean así bien puestas, que no son como las otras. De esas conocí yo un buen puñado en todos los años que estuve ahí metida. Aquellas al final no fueron a la huelga, y hasta se reían de todas las que estuvimos ahí, pero bien que les subieron el sueldo a ellas también y ni rechistaron. Pa eso no éramos cuatro bobas y bien privadas que se quedaron las adulonas. Estuvimos años riéndonos de ellas donde quiera que las veíamos. Cuando se compraban un traje nuevo pa los domingos o las encontrábamos en algún bar comiendo se lo decíamos: «Mira cómo se nota el aumento de la paga, mira qué bien viven algunas gracias al sudor de otras». No decían nada, ni rechistaban. Pues claro, porque sabían que teníamos razón, niño.

7. LA TIERRA LLAMA

Es verdad eso que dicen que la tierra donde una nace siempre la llama. Yo todavía echo de menos el Norte, y eso que llevo aquí más de setenta años. Si no hubiese tenido a mis hijos aquí y ahora a ustedes, yo me hubiese ido pal Norte, eso te lo juro.

Hace un montón de años, casi recién llegadas al pueblo, cuando todavía éramos jóvenes y trabajábamos duro en los tomateros había una vieja que era de La Gomera, también había venido pa aquí pal Sur en los años esos que llegó la gran parte de nosotras. Ella llegó mayor, tenía sus buenos años ya, pero esa gente antes trabaja como burras casi hasta que llegaba el día que les tocaba morirse. Era viuda, vivía con una hija de nuestra misma edad que era soltera. Esa era la única que tenía. La vieja se veía que no se hallaba aquí, no le gustaba vivir aquí, en la isla digo, no solo en el pueblo. Cuando nos tocaba trabajar en el mismo pedazo siempre la escuchaba, pero todos los días de Dios se los pasaba así:

—Mi niña, mándame pa La Gomera. Yo me quiero volver pa allá, misija, esto no es pa mí. Pa la gente joven sí, que vengan a probar o buscar una vida nueva, pero yo con los años que tengo no quiero estar aquí, misija. Yo ahorita me muero y yo quiero morirme en mi tierra. Dicen que uno sabe donde nace pero no donde muere, ¿no? Pues yo quiero estar allá pal día que el señor venga a buscarme. Venga, mija, embárqueme y mándeme pal carajo y yo no la molesto más. Al final me van a enterrar en este sitio y yo no voy a descansar tranquila, mi niña. Me vas a aguantar estos quejidos hasta después de muerta si no me sacas de aquí. ¡Tú tampoco vas a descansar!

La hija no quería que se fuera pa La Gomera. Allá su madre solo tenía una hermana casi de la misma edad que ella. ¿Cómo se iban a mantener esas dos mujeres solas? La chica no le hacía caso, se hacía la boba. Le decía:

—Que sí, Lala, que tú me vas a volver loca a mí después de muerta. ¿Eso qué más da, Ma? Después de muerta una no se entera si descansa aquí o descansa allá, lo importante es en vida, estamos juntas y usted sabe que aquí estamos mejor que de donde venimos.

Los días siempre eran muy iguales, casi parecidos, no sabías si era lunes o jueves, sabías diferenciarlos si pasaba algo malo o algo muy bueno. Esa mañana sí pasó algo malo de verdad, por eso me acuerdo bien de ese día. Estábamos todas las chicas ahí faenando, amarrando tomates o empaquetando, cada una lo que le tocaba ese día, igual que el anterior sin esperar ninguna sorpresa. A todo eso llegó el encargado gritando por Mercedita. Pues Mercedita era la hija de la vieja gomera.

—Mercedita, mi niña, tu madre. Unos muchachos que andaban pescando dicen que la vieron en la playa de los Enojados botándose a la mar. Los chicos se lanzaron del risco pa intentar sacarla pero qué va, tú sabes cómo son las corrientes en esa playa. No la encuentran, mi niña, ni rastro. Se desapareció.

Estuvieron unos cuantos días buscándola por la playa de aquí, por si la corriente la había arrastrado pal pueblo pero no aparecía. Los barqueros, que ellos conocen las corrientes de toda la parte sur de la isla, se pusieron día y noche a buscar el cuerpo, a ver si veían alguna prenda o algo pa intentar dar con ella. Daba hasta sentimiento ver todos los barcos saliendo juntos de donde ahora es el muelle. Nada, no aparecía nada. La pobre Mercedita estaba destrozada. La veíamos en el trabajo que no paraba, pero se la veía rota. Se hacía la fuerte, hasta bromeaba la jodida, nos decía:

—Muerta no debe estar porque ella decía que si moría en esta isla se me iba a aparecer pa seguir quejándose y yo no la escucho.

Al par de días llegó la noticia. Encontraron el cuerpo de la vieja en la playa de La Villa, en La Gomera. La mujer no sabía nadar, eso seguro que nada más botarse al agua se fue pal fondo. La marea la arrastró. ¡Mira que tarda tiempo en arrastrar eso! ¿Verdad? Si La Gomera está ahí al lado.

¿Que uno no sabe donde se muere? Pareció hecho adrede, muchacho, no pudo morirse allá porque no le hicieron caso, pero enterrarla sí la enterraron en su tierra, donde ella quería. A la vieja nadie la bajaba del burro.

8. NI UN FISQUITO DE RODILLA

Ya la gente no se divierte como antes. También es verdad que a este pueblo se le abandonó en eso, en eso y en muchas cosas más, no dejaron nada pa que la gente joven se divierta y salga y baile. Normal que haya tantos accidentes. Ahora tienen que coger coche pa irse de parranda a algún lado. Las que se hacían aquí en el pueblo, eso sí eran fiestas. ¿Te acuerdas la casa donde vendían la fruta ahí atrás en la esquina? Eso era un salón donde hacían los bailes y se celebraban bodas y todo. Los domingos siempre había tenderete, nos pasábamos toda la semana esperando al domingo pa bajar al pueblo. Fiestas como aquellas ya no hacen.

La gente llevaba las guitarras y los timples. Íbamos todas las chicas y los chicos bien guapos vestidos de domingo allí a bailar. La ropa del domingo no era ropa buena tampoco, pero era limpia, por lo menos te quitabas la ropa de trabajo un rato. Eso sí, no íbamos con las ropas que llevan las chicas ahora, esos escotes y esas faldas cortas. A veces me pongo a pensar en eso yo. ¿Cómo hubiese sido si nosotras hubiésemos llevado esos escotes y esas faldas? Enseñando todo ahí. Pues mira que yo no tenía las piernas feas, eso te lo digo. No, ahora no te estés fijando que ya estoy arrugada como una pasa. Aunque pa tener casi noventa años tampoco tengo tanta arruga, los hay peores por ahí que son más nuevos que yo y parecen viejos chochos ya. Pero qué va, eso es solo una por imaginar, por pensar boberías una aburrida todo el día aquí en casa, antes como se te vieran un fisquito las rodillas al sentarte, al día siguiente las viejas te arrastraban por la tierra en los tomateros. Los lunes cuando llegábamos a trabajar por las mañanas siempre estaban las viejas criticando a alguna muchacha:

—¿Viste a la hija de Felito ayer? Fuerte jedionda, cochina mierda, enseñando todo. Se la veía a ella adrede levantándose la falda pa que el de Paca le viese los muslos. Y los padres de esa chica no le dicen nada. Después vienen las vergüenzas y los malos ratos, las bodas con prisa, las mujeres sin poder vestirse de blanco en los altares. ¿Mi hija? A mi hija si se le ve un fisquito de rodilla la arrastro yo misma por todo el Morro de la Arena.

Ahora hay cosas que no me gustan, algunas cosas antes eran mejor y muchas cosas peores, tú lo sabes, pero había más respeto. ¡Cállate, niño! ¿Qué miedo ni miedo? Era respeto. Pero bueno, lo que te estaba contando antes que hablases boberías, esa moda nueva no la veo mal. Yo estoy vieja, yo estoy criada como estoy criada, como se hacía antes, a mí ya no me van a cambiar la cabeza, pero tampoco soy bruta, sé que las cosas van cambiando. Que las chicas se vistan como les dé la gana, coño. Si quieren llevar escote que lo lleven y si quieren ir con las piernas sueltas que vayan, como si quieres llevar las tetas al aire, a mí qué más me da. ¿No van así por la playa y en la televisión? La gente parece las marujas de antes, que si esta enseña esto, que si la otra se fue con aquel. Métanse en su terreno. A mí me encanta verlas así de presumidas y guapas.

9. LA GALLINA DE ORO

¿Tú comiste ya? No estás comiendo nada, te estás quedando en los huesos pelados, mira, si ya no tienes ni culo ¿Que qué hay de comer? Sopa de pollo estoy haciendo. Ustedes siempre se quejan, que si hace calor, que no está el día pa potaje ni pa sopa, mira que son pejigueras. Si quieres comer, comes, y si no, te vas pal bar La Herradura. Bueno, lo que te iba a decir, cada vez que hago sopa de pollo me acuerdo de la que armó un día tu abuelo con dos amigos a razón de una gallina.

Antes la gente aquí tenía animales. Sí, aquí en la calle, sí. No estaban esos edificios de ahí enfrente, la lava seca del volcán llegaba hasta aquí mismito. Ofelia la de allá atrás, ¿sabes? Su padre tenía un corral de vacas y cochinos. Otra vecina de aquí de la calle nuestra tenía un gallinero. Lo tenía un fisquito más arriba, ahí cruzando la esquina. Nos conocíamos todos, podías dejar tus animales ahí que no pasaba nada. Bueno, no solía pasar hasta el día que pasó. Todos los vecinos tenían algún animal, unos tenían una cabra, otros las gallinas, alguno tenía un cochino y nos íbamos cambiando leche por huevos cuando hacía falta. Entre eso y lo que nos daban en el campo donde trabajábamos íbamos haciendo la comida todos los días. Nosotros teníamos una cabra entre unos cuantos de la calle, no era nuestra solo, podíamos ir y ordeñarla sin problema ninguno. La teníamos ahí un fisquito más arriba de la escuela vieja, era de compartir.

En el gallinero ese que te digo, en el de la vecina, había una gallina tan grande y tan bonita, que tu abuelo y los amigos estaban siempre atrás de comérsela. La vecina le decía que no, que esa no se la iban a comer que era suya, que hasta le tenía cariño como a un perro o un gato de la casa. Pero no te lo pierdas, uno de los amigos de tu abuelo que se metió en el jaleo era el marido de ella, de la dueña de las gallinas. Cuando llegaban rascados o llegaban de los carnavales de amanecida le decían:

—Ños, lo bueno que estaría un caldito ahora. ¿Tú no nos dejarías esa gallina? Si hay que pagarla se paga, mujer.

—Ni por todo el dinero que llevan encima. Que no debe de ser mucho, porque con la rascadera que llevan encima se lo habrán gastado todo en vino y whisky de ese. Y tú, sube pa arriba, que no se te ve por casa ni de milagro —le decía ella al marido.

Un día que salieron de la obra, yo no sé si se habían tomado unas cuartas de vino o qué fue eso, pero aparecieron en casa con la gallina. Yo les dije:

—No me creo yo que esa sea la gallina de tu mujer, ella ya se los advirtió más de una vez que no le tocaran al animal. Ustedes me van a buscar a mí una bulla que yo no he buscado. ¡Eso no se va a cocinar en mi casa, ustedes están locos, luego me busco yo problemas con la vecina! Se me ponen en la puerta de la calle con eso, venga, rumbo.

Los mandé a devolverla, que se la dejaran en el corral donde la habían robado y ellos se fueron riéndose, los muy machangos. Al par de horas me entró un olor a caldo de gallina por la ventana pa dentro, llegaba hasta el cuarto mío. Los simplones esos fueron a la casa de otro de ellos y le dijeron a su mujer que la habían comprado. La otra casa es esa que ves tú ahí enfrente, no te creas que se fueron muy lejos pa disimular ni pa esconderse. Eran listos pa lo que querían, pero había otras veces que parecía que les faltaba un agüita. Yo me puse a mirar a escondidas detrás de la cortina de la ventana. No pasó ni el minuto, la de las gallinas se asomó, digo yo que por el olor que salía pa la calle, y vio que no estaba la gallina grande. Los gritos:

—Yo sabía, yo sabía que era la gallina mía, sinvergüenzas de mierda. Ya se la buscaron conmigo. Al que haya sido que sepa que lo voy a matar, voy a hacer yo un caldo con él.

Ese día ella se pasó toda la tarde como una fiera de un lado pa otro de la calle, pero no jalló quién había sido. Pasaron un montón de años y fue en un viaje pa La Gomera, esa pareja y tu abuelo y yo. Una de las noches comiendo en el bar, el marido pidió una sopa de pollo y tu abuelo le dijo:

—¿Está buena la sopa? Y ahora yo acordándome, ¿nunca supiste quién te robó aquella gallina tan grande que tenías debajo de tu casa?

—No, mi niño. Algún sinvergüenza de los de la calle nuestra, siempre estaban todos hablando de la gallina. Alguno que pasó y se aprovechó que yo no estaba acechando, porque tú sabes que yo no le quitaba el ojo de encima al corral, siempre lo tenía bien cuidado y vigilado. Si yo lo llego a coger aquel día.

—Ay, toleta. Si fuimos nosotros dos y el vecino de al lado, ni te enteraste, y mira que hasta mi mujer sabía que la habíamos hecho.

Las risas de tu abuelo y el amigo, el marido de ella. La mujer se levantó de la mesa y se fue pa la fonda donde nos estábamos quedando. Yo no sé qué pasó, si la mujer se puso a maldecirlos, pero el marido se puso tan malo, tan malo que nos tuvimos que volver en el primer barco de la mañana. Se le hizo una úlcera en el estómago le dijo el médico cuando llegamos al pueblo. Fuimos

41

a verlo cuando volvió del médico. Y la mujer decía: «¿Será que te sentó mal la sopa de pollo?». Mira que habían pasado años, pero le dolió como si le acabase de pasar. Aquellos dos también fuertes diablos eran.

10. LOS PERSEGUIDORES

¿Yo te conté una vez que unos hombres me persiguieron con un coche? Fuerte miedo pasé, muchacho. Ese fue de los días que yo recuerdo que pasé más miedo en mi vida. Salí de aquí de casa e iba pa la Punta del Viento a ver a mi padre. Mira tú, caminando hasta ahí que son dos minutos. Antes no pasaba mucho coche por aquí por el pueblo como ahora. De cuando en cuando pasaba alguno, pero no muchos. Pues yo yendo pa la playa me crucé con ellos. Eran dos hombres y una mujer. No los había visto nunca por Las Galletas y me pareció extraño. Si yo me paraba, ellos se paraban. Si yo cogía una esquina, ellos también. Me puse a dar vueltas por el pueblo como si estuviese loca. Iba sin destino ninguno solo por ver si los perdía. Yo decía, ya está, ya me llegó mi hora. Claro, si no me dejaban de rastro. Me metí pa la playa, por las plataneras, me sentaba en un banco haciendo como que esperaba a alguien. Esperaba a ver si ellos cogían pa otro pero no, paraban el coche también al lado. Me puse a caminar diestra, casi corriendo y cuanto más corría yo más rápido iba el coche ese detrás de mí. Me volví a parar y los escuché decir:

—Pa donde vaya ella, vamos nosotros. No la pierdas ni un momento, que si no vinimos hasta aquí pa nada.

Entonces sí que me asusté, casi me orino encima, muchacho. Me metí detrás de unas pencas y empecé a botarles piedras. Yo tiraba como si no hubiese mañana. Alguna le llegó porque yo escuché un cristal romperse. Ya corrí cegada directa pa La Punta del Viento, hasta que llegué a casa de mi padre gritando como un demonio:

—Padre, ayuda, padre, socorro. Me están persiguiendo, padre. ¡Corra, asómese! Son tres que vienen ahí atrás. Vienen persiguiéndome desde mi casa, algo malo me quieren hacer, ayúdeme, padre.

Mi padre salió como un volador con el cuchillo en la mano. Yo entré pa la casa y me puse detrás de él en la puerta. El coche se quedó parado delante de la casa. Un buen rato parado frente a la puerta y no se bajaban. Con las luces no se les veían las caras. Yo miraba y veía el cristal de delante hecho pedazos, se lo dejé en fisquitos. Cuando apagaron el motor y se bajaron del coche el viejo soltó el cuchillo y empezaron las risas. Mira que mi padre se rio. Y yo que no paraba de temblar.

—La madre que los parió, hasta aquí abajo llegaron, jodidos. ¿Cuántos años hace ya? Más de treinta años que no nos veíamos. ¿Cómo no fueron capaces de llamar antes de venir? Les hubiese matado un cochino o preparado algo bueno.

—Si no bajamos nosotros tú no vas pa arriba, jodido. Desde que te viniste pal Sur no has vuelto. ¿Ya te olvidaste de tu pueblo? Anda cabrón, cuantos años. Nosotros sabíamos que estabas por este pueblo, pero dónde vivías no sabíamos. Veníamos con la idea de preguntar a alguien por ti. Nada más llegar yo vi el hocico de la chica y dije, esa es hija de Pepe, tiene toda la cara de Los Clarines. Pero mira, al final no era solo la cara, el mal genio también, mira cómo nos dejó el coche todo abollado, fuerte fiera tienes en casa, muchacho. Yo me acuerdo de ella de chiquita pero ella ya no se acordaba de nosotros por lo que se ve. Le dije a mi compadre: tú persíguela que llegamos a la casa de Pepe.

Al final eran amigos de mi padre de toda la vida. Coño, ya podrían haberme llamado por mi nombre que yo me paraba, me ahorraba el susto y ellos se iban con el coche entero. Mira que se rieron allí dentro en casa. Mi padre le decía: tranquilo, yo te pago lo que te destrozó del coche. Y el hombre de lo contento que estaba de ver a Pepe decía:

—Yo con verte ya tengo todo pagado. Bueno, si nos invitas a comer y nos prometes que nos devuelves la visita solo te cobro los cristales.

11. LOS CANTARES

El trabajo nuestro no era un trabajo fijo. Me refiero que no tenías que hacer todos los días lo mismo. No éramos solo empaquetadoras, ni dedicábamos el tiempo completo a limpiar o a sembrar. Había veces que la jornada era recoger tomates, trabajamos de ajuste también cuando nos hacía falta un fisquito más de dinero. Otro día tocaba cargar piedras, y no te creas que eran piedras chicas, las cargábamos encima de la cabeza y casi todas eran más grandes que las cabezas nuestras. El trabajo que menos gustaba era el de recoger algodón, siempre te cortabas con las ramas al agarrarlo. Hacía falta tener las manos chiquitas pa no cortarte. ¿Y quién tenía las manos chiquitas? Las niñas. Sí, ahí trabajan desde los doce años a veces. Lo que te decía yo, que no es como ahora que ves a la gente buscando trabajo y a veces se pegan hasta años cobrando el paro porque no encuentran nada. Antes era a la patada, se necesitaban siempre trabajadoras. Había más trabajo que gente.

Trabajábamos diez, doce, catorce horas, depende; después nos íbamos pa casa a bañarnos, a hacer la comida pa los niños y volvíamos pal salón a empaquetar. Se nos hacía de día, eso ahora ni se puede imaginar. Todo el día sin parar por cuatro perras, pero mira que lo pasábamos bien. Menos mal que las cosas han cambiado, yo no te cuento pa decirte que lo de antes era mejor, te lo cuento pa que sepas de dónde venimos. Estábamos acostumbradas a eso, no conocíamos otra cosa. No éramos nosotras solas, casi todo el pueblo trabajaba de eso, el que no pescaba pues estaba en los tomateros. Es lo que era este pueblo, un pueblo de pescadores y campesinos. Pero muchos parece que ya no se acuerdan y se las dan de finos por ahí. Yo bien orgullosa que estoy de todo lo que hice.

Echábamos cantares, nos pasábamos casi todo el día y toda la noche cantando, yo creo que por eso no nos cansábamos ni nos aburríamos. Cantábamos pa pasar el rato. Si pasabas por el pueblo ya oscureciendo solo se veían las luces de los salones y se escuchaban las voces de las mujeres cantando. Unas les tiraban a las otras y las otras se los devolvían y se echaban cada insulto. A ver si me acuerdo cómo decía alguno. Ah, sí, una cantaba:

—Anoche me dieron las doce empaquetando tomates... Esta noche me darán conversando con mi amante... Esta noche me darán conversando con mi amante... Anoche me dieron las doce empaquetando tomates...

Y la otra contestaba:

—Eres boba consentida, que te consientes del viento... Que tu novio no te quiere por el poco fundamento... Que tu novio no te quiere por el poco fundamento... Eres boba consentida, que te consientes del viento...

Y de fondo se escuchaba al encargado del salón:

—Espabílense, que mucho cantar, mucho cantar y poco mover las manos. Espabílense que están los camiones esperando pa salir pal muelle, miren que a los ingleses no les gustan los retrasos.

Y es verdad que siempre estaban los camiones por las noches esperando pa llevar los tomates pal puerto. Mira que en la Inglaterra esa comían tomates, muchacho. Pues todo el día así, no era que se tuviesen nada entre ellas, nada más que se echaban cantares de esos pa aguantar la jornada, después de decirse de todo seguían siendo amigas.

12. LA RADIO SOLO POR LA NOCHE

Cuando vivíamos en La Vera todavía, los falangistas pasaban por las noches puerta por puerta buscando no sé el qué o a quién, si veían una luz encendida te llamaban y te hacían apagar todo. Pasaban a cada rato. Toda la noche tumba pa acá, tumba pa allá. Había un montón de falangistas de esos, hasta un tío mío era falangista. A veces vestía a una hija, una que es prima hermana mía, con la camisa azul que se ponían ellos.

Nosotras podíamos tener la luz encendida, a mi madre la dejaban tranquila, ellos sabían que tenía ocho hijos y que recién habían nacido los mellizos. Con nosotros no se metían por lo menos, nos dejaban vivir un poco más tranquilas. Digo yo que sabrían que mi padre no andaba metido en nada. Nunca lo escuché yo hablar de nada de guerra, ni de partidos, ni de golpes, él iba a trabajar o echarse unas cuartas con los amigos y pa casa. Eso sí, mi padre vio cómo mataron a un hombre en El Realejo, lo fusilaron porque decían que era comunista. Me gustaba escuchar la historia esa, me daba pena por el hombre que lo mataron solo por habladurías de la gente. Dice mi padre que lo arrastraron desde la casa hasta la plaza y el hombre ni gritó, ni lloró, ni pidió perdón por nada. Caminaba en silencio hasta que lo pusieron de rodillas en una pared y esperaron que llegase todo el pueblo, como pa reprender lo hacían, ¿sabes? Se puso la mano en el corazón y dijo: «Disparen aquí, cobardes». Eso nos los contó mi padre. Había un montón de matones de esos por el pueblo. Recién había terminado la guerra. Cuando yo nací decían que había una República, que no había reyes, pero yo como no entiendo ni me acuerdo, yo desde que soy chiquita ellos estaban ahí ya. Y Franco también.

Por encima de nosotras vivía una mujer que era falangista también, se llamaba Justa, Justa la Falangista le decíamos. Pa ir a buscar agua teníamos que pasar por delante de la casa de ella. Había veces que no nos hacía falta ir por ahí pero pasábamos nada más que por reírnos. Nos juntábamos el rancho de chicas delante de la puerta de Justa y le gritábamos: ¡Arriba España! Y ella decía: ¡Arriba! Nosotras no éramos de eso, era pa reírnos de ella nada más. Ella se quedaba privada mirando pa nosotras y a veces hasta nos daba golosinas. Adiós, Justa. ¡Arriba España! Sí y Franco también, también. Adiós, Justa, gracias. Y ella levantaba la mano así. Más boba...

¿Estás loco? Antes no se podía decir nada, en los pueblos había jurones por todos lados, escuchando a ver si decías algo en contra de ellos. En los lavaderos, en los bares, en los empaquetados de tomate se ponían a meter la oreja pa ver si hablabas mal de Franco. Ni por cuánto hablábamos nostras cosas de esas, y menos sabiendo lo del hombre del Realejo, a ver si nos iban a llamar a nosotras comunistas y nos iban a dar dos tiros.

Viviendo aquí en Las Galletas ya, cuando todavía no teníamos casa y nos quedábamos en los cuartos de los salones de empaquetado se hacía de noche y se quedaba todo en silencio, se escuchaba alguna radio bajita, ahí oía todo porque las paredes no llegaban al techo, los cuartos se separaban por paredes pero por arriba tú veías las sombras y escuchabas todo lo que hablaba el de al lado. Algunos ponían a La Pirenaica esa por las noches, donde hablaba la Pasionaria, la comunista esa que vivía pa allá lejos. Se oía la radio por la noche porque eso venía de Rusia o pa allá pa casa del carajo y allá era una hora diferente. Eso decía la gente, mira tú, una ignorante como yo qué va a saber de eso. Y mejor así, cuanto menos sabías menos problemas tenías. La gente sabía de dónde salía la radio pero nadie iba a chivarse de nadie aquí en este pueblo. Hay algunos que todavía siguen vivos pero yo no te voy a decir quiénes son. ¿Estás loco? Que luego se sabe eso, que eran comunistas y les busco yo un problema ahora. No, no te voy a decir.

13. SIETE VIDAS

En la casa donde vivíamos en el Norte mi madre tenía por fuera un montón de flores, de ñames, de bubangos, porque había una tajea justo por encima de casa que siempre chorreaba y regaba así la huertita. La tenía preciosa siempre. Luego la cocina tenía un ventanal grande que daba pal poyo. El fuego que había era de leña, se cocinaba con eso. La casa se llenaba de humo pero la comida te sabía más. No había gas, ni eléctrico, ni nada. Teníamos la comida y la leche justa. Hacía poquito que había nacido una de mis hermanas. No me acuerdo si fue la penúltima o la anterior, pero sí tengo ese recuerdo fresco todavía. Mi madre calentaba la leche pa la niña y la dejaba encima del poyo, al lado de la ventana pa que se enfriara un fisquito.

No fue una vez, ni dos, mi madre ya estaba cansada de dejar la leche ahí y que el gato que tenía la vecina se la bebiera siempre. Y no era solo la leche, le destrozaba las flores, mordía las verduras. Era un diablo ese gato. Lo que más mortificaba a mi madre era la leche, porque costaba conseguirla. Había veces que nos quedábamos sin beber leche, ni nosotras ni la niña chiquita, por culpa del gatomierda ese.

Una de las veces que se bebió la leche llegaba mi padre de trabajar, y encima venía cabreado porque ese día no le habían pagado unas horas que le debían de la semana anterior. Cuando vio a mi madre llorando:

—¿Qué fue, mujer? ¿Qué pasó ahora?

—El gato ese otra vez, el fisquito de leche que quedaba pa darle a la niña se lo volvió a beber, el condenado —le dijo mi madre.

Mi padre rabiando salió de casa y fue enfocado pa la de la vecina. Se encontró al gato por fuera en la puerta, ese gato no tenía miedo, te veía y no se espantaba ni se echaba a correr. Mi padre entró pa casa, cogió la picareta y salió ciego a por el animal. El gato estaba en el mismo sitio sentado cuando la picareta se le clavó en el medio de la cabeza. Se quedó tieso como el esparto. Lo agarró, lo metió en una bolsa y lo enterró detrás de la casa de la vecina. Le tocó en la casa a la mujer y se lo contó:

—Señora, usted me va a perdonar, yo no soy de hacerle daño a los animales, pero ese gato del demonio que usted tenía, digo tenía porque ya no está, lo maté. Sí, tuve que matarlo, nos estaba quitando las pocas migajas que nos podíamos echar a la boca. Yo tengo ocho hijas, me da igual un gato que ochenta.

La mujer se quedó apenada, le tenía cariño a ese gatito pero lo entendió. Le dijo que no pasaba nada y que ella lo sentía por lo de la comida. Al día siguiente cuando todavía no se había ni asomado el sol, escuchamos a mi padre gritando como un condenado:

—¿Esto qué es, brujería? Vengan pa aquí, si esto ayer estaba muerto. Ustedes lo vieron, ¡ay, Señor! Esto es cosa del demonio. No les dije yo que ese gato era el mismo diablo. Que lo enterré con mis manos, estaba tieso. ¿Ustedes lo vieron ayer o yo me estoy quedando loco?

Salimos todas corriendo de casa. Ahí estaba el gato ese otra vez. Estaba todo sucio, lleno de tierra, de zarzas y espigas, todo molido y sangrando por el boquete que tenía en la cabeza, pero ahí estaba otra vez bebiéndose la leche encima del poyo. Le digo:

—Padre, ¿usted no sabe que los gatos tienen siete vidas?

—¿Siete vidas? Siete vidas te voy a dar yo a ti. Tú mejor estate callada, yo no toco más a un animal... ni por cuánto. Pero tú mejor estate callada a ver si al final alcanzas tú también.

Cuando se le pasó el susto me dijo que me iba a contar un cuento que nunca había contado porque no se lo creía. Él no lo había visto así que no lo contaba, pero después de ver eso que le había pasado pa mí que se lo creyó.

Una extranjera en el Hotel Taoro en el Puerto iba todos los veranos con su gato de vacaciones. Iba ella sola con el gato y no le hacía falta más nadie porque lo trataba como una persona. Una cosa es querer al animalito, así como nosotros con nuestro perro, otra cosa es ponerlo a comer en la mesa y acostarlo con una en la cama. Que sí, le ponía su plato todas las noches en el restaurante del hotel, eso le dijeron a mi padre. Lo tenía mal acostumbrado así.

Una noche se sentó la extranjera a cenar con otra gente que conoció en el hotel y como iba acompañada esa noche no puso al gato a comer encima de la mesa sino debajo. El gato no hacia sino mirar pa ella, no comía. Pues muchacho, cuando se acabó la cena se fueron marchando los otros y se quedó la vieja sola con el gato. Cuando lo fue a subir a la mesa se le tiró al pescuezo y la mordió toda por el cogote. Te lo juro, eso le dijeron, la cara, el cuello y hasta le sacó los ojos. Ahí mismo se cayó muerta la extrajera.

A ella la sacaron por la recepción del hotel en una sábana blanca pero el gato se desapareció. Un camarero decía que a veces cuando abría el restaurante por la mañana se encontraba al gato con el plato encima la mesa comiendo. Alguien que le cogió miedo, seguro, pero vete tú a saber, como yo no lo vi, ni mi viejo tampoco, vete tú a saber.

14. A SUS ÓRDENES, CORONEL

Empezamos limpiando las casas de los ricos, casi todas mis hermanas antes de empezar a trabajar en el campo trabajamos en La Laguna lavando la ropa y limpiando los pisos de la gente rica. Ahí había muchas familias de dinero, y en La Orotava también, ahí también trabajamos mucho. Tendría yo once o doce años, no muchos más porque al tiempito nos vinimos pal Sur.

Me acuerdo de la casa de un coronel donde limpiábamos mi hermana la mayor y yo. Era un coronel peninsular, más malo que la sarna. Vivía con su esposa y la mujer era guapísima, era tan elegante, pero era una estirada de esas relamida. Siempre me voy a acordar yo de esa mujer, nunca había visto alguien así. Los vestidos que se ponía y el olor que tenía, el perfume, creo que esa fue la primera vez que yo olí perfume. Ella no era mala, solo que era así, gente de esa de alta clase como le dicen, pero él sí, ese sí que era malo de verdad, no tenía ni una gota de bondad. Le pegaba cada cuerada a los soldados suyos. Delante de nosotras y todo cuando estábamos limpiando, le mandaba patadas y piñazos por detrás de la cabeza. Yo le decía a mi hermana: ya verás cómo un día nos pega a nosotras. A mí me daba miedo que un día nos cogiese estando atravesado y le diese por pegarnos a nosotras por hacer algo mal en la casa. Siempre se lo decía:

—Hermana, yo creo que voy a dejar el trabajo este. Le digo a mamá que no me gusta y ya está, buscamos otra casa que limpiar, será por casas de ricos que necesiten chicas, es que ese hombre a mí me da mucho miedo.

—Qué miedo ni miedo, ese es un machango. Les pega a los bobos esos porque ellos se dejan. A nosotras no nos toca ni un pelo, porque lo cojo y rajo vivo.

Mi hermana no tenía miedo a nada, nunca tuvo miedo esa mujer. Cuando murió el año pasado que fui a verla al Hospital de La Candelaria, ya sabíamos todos que se iba a morir, hasta ella lo sabía. Pues ni rastro de miedo le vi en los ojos, seguía con sus bromas y sus insultos, eso es verdad que palabrotas siempre decía, desde chiquita. Pero era así, una mujer sin miedo, ni a los machangos ni a la muerte.

Uno de los días que estábamos solas en la casa esa, nos tocaba limpiar el cuarto del coronel, tendría que ser el día libre de él porque dejó el uniforme en la cama y nunca se quitaba esa ropa pa nada. Ella se encargaba de las camas y yo de los baños. Yo limpiando la bañera y escuchaba fuera:

—Sí, mi general. Todo en orden, ya les di las patadas en el culo a los bobos esos. ¡Muévanse, hosssstia, me cago en la puta, muévanse! Fiiiiirmes.

Me asomé y la vi con la ropa del coronel puesta. Caminando de un lado a otro de la habitación como si estuviese desfilando. Se cuadraba delante del espejo, hacía como los soldados con la mano en la frente y mirando pa arriba y poniendo voz como de peninsular se esmorecía de risa y se ponía otra vez:

—Que sí, general, hosssstia, que las chicas son buenísimas, hay que pagarles mucho más, mucho más dinero hay que darles a esas dos chicas, no cobran sino cuatro perras cagadas pa toda la mierda que aguantan en esta casa, hosssstia. Y perfumes, hay que comprarles perfumes y ropas finas. Una carretilla de golosinas también, se lo han ganado, me cago en Diossss.

La madre que la parió, si nos llegan a coger nos matan. Mi hermana estaba como una cabra, no tenía miedo a nada. Mira que la echo de menos en padescanse esté. Todo lo que me reía yo con esa mujer.

Los soldados esos que te dije, a los que les pegaba, llegaron un día con una caja llena de caramelos. Entró uno de ellos al cuarto donde estábamos nosotras limpiando, los dejó encima de la cama y no nos dijo nada. Después nos enteramos que era un regalo del coronel pa su mujer, pero qué coño íbamos a saber nosotras. Si los deja ahí sin decir nada, nos pensábamos que eran pa comer. Pues nos los comimos, también nos metimos unos puñados en los bolsillos pa llevar pa casa pa darles a las demás hermanas. Muchacho, mira que alcanzó cuerada ese día el soldado por culpa nuestra. Él decía que los había dejado encima de la cama. Nosotras dijimos que no vimos nada ahí. El coronel decía:

—Yo he dejado mucho dinero a la vista, he dejado oro, he dejado joyas, esas muchachas jamás han tocado nada en esta casa. ¿Me vas a decir que se van a cagar las manos por unos caramelos de mierda?

Y otro piñazo, y otra patada. Sí me dio pena, pero mejor que se la llevara él a que nos la lleváramos nosotras.

15. FERRI NO, FALÚAS

¿Vas a ir pa La Gomera? Pues coge las llaves de la casa, están ahí en la gaveta, que luego te olvidas y te quedas por fuera. Mira que ya los chicos del bar no tienen una copia, desde que cambiamos la cerradura aquella vez estoy atrás de hacer otro manojo de llaves pa dejarlas allí. Nunca se sabe cuándo puede ofrecerse por una urgencia. Tú cógelas ya y déjate de boberías.

Cuando iba yo con tu abuelo a ver a mis suegros allá, al Cercado, no íbamos en ferri como ahora. Ahí no había ferri ni barco grande. Teníamos que ir hasta Alcalá a coger una falúa de esas. En Los Cristianos no atracaba el barco, era un muelle chico como el de aquí. Las barcas esas que te digo son como chalanas grandes, barcos de pescadores pero en los que se llevaba a la gente. Nos pegábamos horas pa llegar de una isla a otra. Tú imagínate lo que se tardaba en llegar de aquí a Alcalá en camión, la falúa hasta San Sebastián y después subir hasta el pueblo. Casi medio día, bueno casi no, que nos pegábamos medio día pa llegar. Y la gente se queja ahora. Si ya no se está nada, muchacho. Media hora o por ahí. Y dicen que quieren poner otro puerto más arriba pa llegar diez minutos antes, fuerte bobada. Eso es pa robar perras con las obras del muelle, un fisco pa uno otro fisco pal otro y después el muelle se queda botado como el de Granadilla.

Lo peor era al volver, al ir solo llevábamos una o dos mudas de ropa pa cambiarnos los días que estuviésemos allá. Lo malo era la vuelta que todos veníamos cargados de papas, higos picos, quesos que hacía la vieja, garrafones de vino. No ves que muchos gomeros emigraron pa acá, pal sur de Tenerife. Pues siempre que iban pa allá de visita volvían cargados de todo. Los viejos, tus bisabuelos, allá no tenían dinero ninguno, pero comida sí que tenían, eso no les faltaba. Tenían las huertas y los animales, nos daban de todo pa traer pa Las Galletas. No cabía ni un alfiler en ese barco, veníamos todos pa acá igual, cargados hasta los topes.

Una de las veces que volvíamos pa Tenerife yo no quería montarme. Ya se veía la mar toda picada desde la carretera, desde arriba desde los roques se veía la marejada, pero llegamos al puerto donde se cogía el barco y era todavía peor de lo que pensábamos. La mar estaba malísima, las olas saltaban por encima del muelle. Mi suegra iba con nosotros pa quedarse unos días en casa y yo le decía:

—Yo lo siento, señora, pero yo no me subo así. Usted sabe que a mí no me da miedo, que me he embarcado más de veinte veces pero hoy le juro que no. Ese barco se hunde en la travesía, mire pa allá, mire, si cuanto más se aleja es peor. Yo por mí no miro, pero con el niño chiquito que todavía no tiene ni un año, no, señora. Vamos a esperarnos a mañana mejor, se lo pido por favor, suegra.

Pues fue tanto lo que me ajeitó mi suegra que al final me subí. Y maldita la hora. Venía toda la gente llorando pa Tenerife. Cada ola que tocaba la falúa parecía que la iba a volcar. Íbamos enchumbadas de la cabeza a los pies, yo sentía el salado de la mar en la boca y pensaba: «Si no fue esa ola, la que nos va a volcar es la siguiente».

Iba en el barco una mujer que era de allá, gomera, pero vivía aquí también. A mí me sonaba de haberla visto trabajando en Los

Pozos. Esa era la peor que iba. Yo soy nerviosa y me pongo loca, pero ella parecía como ida, como una loca de esas, endemoniada. Tuve que cogerle yo a su niño en brazos también. En un lado llevaba el mío y en el otro al de la mujer. Ella fuera de ese cuerpo, se había salido con tanto grito. Se ponía de pie en la proa y gritaba mirando pal cielo:

—Prepárense, ya nos llegó el día, no tengan miedo, aquí ya nos morimos ahogados. Miren esa ola que viene ahí, hasta aquí llegamos. Pónganse a rezar. Pídanle a La Virgen de Candelaria porque de esta no salimos.

Yo ni me ponía de pie, ya ni miraba pa fuera. Iba agachada con los niños en brazos y rezando. Cuando llegamos al muelle, salté de aquel barco pa tierra y hasta besé el suelo. Tierra conejo, tu abuelo siempre decía eso cuando llegaba a la isla y ponía los pies en el suelo y lo decía. Pues ese día puse yo los labios en la tierra, no lo pies y lo dije: tierra conejo. No me vi en una así en mi vida. Estuve un tiempo sin volver a La Gomera, iba tu abuelo solo a ver a la familia o si le salía algún trabajo. Hasta que no se me pasó el miedo, hasta que no me olvidé un poco de ese día no volví. ¿Ahora? Ahora con el ferri ese es un paseo, ni pastillas ni nada, yo no me mareo nunca.

16. SIN MIEDO A LOS MUERTOS

¿Miedo a morirme yo? Con los años que tengo y toda la gente que se me ha ido, miedo ninguno, mi niño. Ya casi tengo más gente en el otro lado que en este. Con todos los que vi morirse. Yo desde que nací vivo con la muerte. Cuando nosotras éramos pequeñas no había ese miedo ni asco con los muertos como ahora. Era todo más normal, más natural. Era uno de la casa que le llegaba su hora y se estaba con él hasta que se enterraba. Es que una no es sin la otra, ni la vida es sin la muerte, ni la muerte se entiende sin la vida, hay que verlo así, mi niño. No digo que nos diese igual, dolía, claro que dolía, pero no se escondía la muerte. A los niños sí es verdad que los mandaban a irse, pero no era por asco ni miedo, era porque les daba la gana a los mayores, creo yo. Decían que eso no era cosa de niños y punto. Como si los niños esos no fueran a morirse un día, o no les fuese a tocar ver morir a sus padres, y a sus hermanos, y al hombre o la mujer de la que se enamoren.

Nosotras no le teníamos miedo ni huíamos de eso. Al revés, éramos noveleras, ¿sabes? Cuando se moría alguien en el pueblo nos gustaba ir a ver al muerto, siempre. Pero éramos menudas chicas, ni diez años teníamos. Siempre nos mandaban pa fuera de la casa:

—Venga, las niñas fuera, esto no son cosas pa ustedes. A jugar, no sean malcriadas, caminen.

Me acuerdo cuando se murió uno que se llamaba Justino, que vivía detrás de donde nosotras. Todos los días jugábamos delante de su casa y lo escuchábamos gritar. Eso tenía que estar sufriendo el pobre condenado, porque los gritos se escuchaban en toda la calle. Un día llegó el silencio, no lo oíamos gritar más. Nos dijeron que se había muerto y nosotras claro, lo conocíamos y encima lo habíamos escuchado morirse poco a poco durante años, era como de la familia. Fuimos a la casa y abrimos la puerta ahí sin permiso ni nada, antes era así. Entramos como un terremoto pa dentro.

La casa estaba llena de gente, lo estaban velando en su cama. El hombre quietito ahí, blanco, parecía que estaba durmiendo. Ese hombre no se me va a mí de la cabeza porque lo dejaron con la risa de medio lado, claro niño, los muertos bien preparados los dejaban como querían. Pues con la risita esa le asomaba el colmillo de oro que había traído Justino de Cuba.

A los pies de la cama había un viejo y una vieja que siempre iban a rezar y a llorar a los velorios cada vez que se moría alguien. No eran ni conocidos del difunto, estaban en todos los entierros. Algunos decían que les pagaban pa eso, qué sé yo. Pa que se diese a entender que era gente querida la que moría y que se apenaban de que se fueran. Ese día el viejo llorón se fue a arrodillar delante del muerto pa ponerse a rezar y se cayó de narices porque el suelo era de tablado. Pisó y se levantó una de las tablas y el viejo se estampó las narices contra el suelo. Si tú vieses todo lo que nos reímos nosotras, no nos podíamos parar. Una de mis hermanas orinó allí mismo, encima de las tablas de la casa. La otra gritaba:

—Hasta al muerto le hizo gracia, mira la risita como le asoma...

Mi madre estaba ahí en el velatorio. Cuando vio que éramos nosotras las que estábamos montando aquel escándalo nos dio una mano de nalgadas en el culo y nos echó de allí. Igual después seguimos yendo a ver los muertos, no sé por qué pero nos gustaba. A lo mejor digo yo que era por eso, no nos echaban porque éramos chiquitas sino porque éramos unas pejigueras. ¿Miedo? Si nos explotábamos de risa. Pero siempre con respeto.

Aquí en el pueblo la muerte es distinta. Aquí le tiene una un poco más de miedo o respeto, qué sé yo. ¿Tú sabes lo de los tres, no? ¿Nunca te lo han contado? Pues estate atento a partir de ahora. Aquí nunca se mueren dos personas seguidas y ya está. Si se muere uno no pasa nada, se vela, se entierra y que descanse en paz. El jaleo es cuando mueren dos la misma semana, ahí ya todos sabemos que muere el tercero a los días. Te digo yo que la semana pasada estábamos en el velatorio de una mujer de las calles de abajo y recién se había muerto el primo de Paquito también, pues estábamos todas diciendo: «A ver si vamos a ser alguna de nosotras». Claro, como no había nadie malito así en el pueblo pues ya es a la lotería, al que le toque. Ayer se murió Pablo, uno que trabajaba en la Clínica Verde. Ese fue el tercero. Le dio un infarto. Ya por lo menos nosotras sabemos que en esta tanda no nos vamos.

17. LAS CADENAS DEL DIABLO

A la muerte no, pero al diablo sí le teníamos miedo. ¿Quién no le va a tener miedo al diablo? Con todo lo que me han dicho de él desde que nací, ni quiero verlo pa saber si existe o no. Desde pequeña siempre nos estaban metiendo miedo con eso, te hacían cuentos pa que te portaras bien y fueses a misa. Entonces el miedo siempre lo tenía una presente pa todo, hasta el día de hoy, yo creo que los nervios que cogen ustedes también se los hemos pasado nosotras metiéndoles miedo pa que hiciesen las cosas.

Había una en La Montaña que se llamaba Aurora, vivía un fisquito más arriba de nosotras, justo por encima, en la siguiente curva de la que es ahora la carretera. Era por debajo del Monasterio donde ahora hay un restaurante que fuimos hace poco, ¿te acuerdas? Ella siempre que se enfadaba con algún vecino o cuando alegaba con sus hijos decía:

—Malos diablos te carguen, malnacido, malos diablos te carguen. Se te aparezca y pagues, malnacido, que se te aparezca y pagues.

Tenía esa costumbre fea esa mujer. Estar todo el día nombrando al diablo por boberías que hacían sus hijos o por peleas que tenía con los vecinos. Por las noches cuando Aurora estaba enfadada se escuchaban cadenas arrastrando dentro del Monasterio ese. Decían que eran las cadenas del diablo. Algunos decían hasta que habían desaparecido niños delante del portón. Vete tú a saber si la mujer esa sabía llamarlo. Una no sabe si creerlo, pero que es verdad que se escuchaba. Yo siempre decía que era casualidad, que eso era el ruido de otra cosa, que estaban trabajando en los bajos. Porque si te ponías a creértelo no vivías del miedo.

Nosotras no pasábamos por ahí nunca. Siempre íbamos por otro lado, aunque fuese un camino más largo, no cogíamos por la puerta del Monasterio cuando escuchábamos que ella estaba metida en algún jaleo. Una nunca ha visto nada de demonios pero tampoco quiere encontrárselos, cuanto más lejos esté mejor, ¿sabes?

Cuando mi madre nos mandaba a comprar a la venta había que ir hasta allí pasando por el portón. No había más caminos, ni largos ni cortos, había que pasar por delante quisieras o no. A otros sitios que nos mandaba cogíamos por otro lado aunque llegásemos tarde y nos echase la bulla, pero qué va, a la venta no queríamos ir. Le decíamos que no, que ahí estaba el diablo con las cadenas. Le decíamos mentiras pa que no nos mandara:

—Madre, ¿usted no sabe que Doña Inés, la de la venta, se murió? Eso está cerrado hoy, ya vamos mañana.

Y ya saltaba mi padre:

—Como no vayan a comprar ya mismo van a ver ustedes al diablo pero de verdad, con cadenas no, un diablo con el cinturón que les voy a dar. Arranquen a hacer el mandado de su madre.

Al final íbamos. Pero al llegar al portón nos parábamos, rezábamos y echábamos a correr con los ojos cerrados. Hacíamos eso pa seguir sin ver demonios aunque no los hubiera; ni brujería, ni cadenas que se arrastran, ni a Aurora gritándonos que malos diablos nos arrastren por correr delante de su casa.

18. VIDA DE PERRO

¿Qué tienes hoy? ¿Estás desganado? ¿No tienes ganas de bajar a trabajar? Eso nos pasaba a todos, niño, yo a veces tampoco tenía ganas de levantarme de la cama pero no nacimos ricos, nos tocó trabajar siempre y pa toda la vida. A ver si te vas a volver como uno que decía que no quería trabajar, que él quería la vida de un perro. ¿Te sabes ese cuento?

El chico ese estaba como abobado, no iba al colegio, se escapaba y se metía en la casa a la escondida pa echarse a dormir otra vez. El viejo suyo le decía que si no quería estudiar que se pusiese a trabajar, que él en su casa no quería gandules. Pero qué va, el chico ese no servía pa trabajar, eso era un vago pero de los grandes. Él decía:

—Yo lo que quiero es la vida de los perros. Estar todo el día echado al fresco, salir a pasear cuando quiera, que me bañen y me pongan limpio, que me pongan la comida, y encima te dan cariño sin tener que estar rompiéndome la espalda y las manos en el trabajo. Eso no es vida, yo no me voy a pegar así hasta viejo, que trabaje otro si quiere.

El padre no le hacía caso, decía que eso eran boberías de chiquillo que ya se le quitarían. Llamó a un amigo suyo que era pescador y le pidió el favor de que le diera trabajo al chico. Que lo pusiese a hacer lo que fuese, a echar engodo, a amarrar cabos, a elevar nasas, limpiar o lo que fuese, porque se iba a perder por caminos feos si no trabajaba ni estudiaba. El amigo le dijo que sí, que al día siguiente a las cuatro de la mañana se presentara en el muelle, que algo que hacer le encontraba seguro. El padre se lo dijo al chiquillo, que tenía que estar tempranito en la playa que eso era un hombre serio y le había hecho ese favor.

Al día siguiente el padre se levantó a las siete pa ir a trabajar y vio al chico acostado en la cama todavía. Pensó en darle una buena somanta de palos, pero lo dejó dormir, ni lo despertó, solo pa ver hasta qué hora se quedaba durmiendo.

Se hizo la hora de comer, las dos de la tarde y el chico recién levantado. Toda la familia sentada en la mesa y aparece por la cocina pa dentro como si no hubiese pasado nada, como si no hubiese dejado al hombre tirado y a su padre pasando vergüenza. Había plato pa todos, pa su madre, pa su padre y pa sus dos hermanos. A él no le habían puesto plato:

—Padre, ¿de verdad me va a negar un plato de comida por eso del trabajo? Yo no sirvo pa pescar, padre. Si yo nunca me he echado a la mar. Yo si quiere voy y le pido perdón a su amigo por haberlo dejado tirado.

El padre dejó de comer, levanta el mantel, le señaló pa debajo de la mesa:

—Aunque seas un gandul eres mi hijo. Yo te voy a seguir dando de comer, pero como a los perros. ¿No querías vida de perro? Yo nunca he visto un animal comiendo en la mesa, así que usted come debajo de la mesa como los perros.

Le puso el plato de comida y un cacharro con agua debajo de la mesa. Dicen que ese día lo obligó a comer ahí en el suelo con el plato debajo de la mesa y sin tenedor ni nada. Dicen, eh, yo no sé, los cuentos de la gente en el pueblo, ya sabes tú. Lo que sí sé es que al ratito se puso a trabajar, se ve que la vida de perro no le gustó mucho, no era como se creía él.

19. LA MIRADA PODRIDA

Un hermano de mi padre estuvo en la guerra, digo yo que sería la guerra esa de Franco porque yo era chiquita y me acuerdo de verlo llegar a mi casa cuando eso acabó. Mi padre no, mi padre en la que estuvo fue en la guerra de África, eso fue antes de yo nacida, ahí dentro tienen que estar las cartas que le mandaba a mi madre, un día te pones ahí y las buscas. Le ponía cosas bonitas, una vez las leyó tu prima. Eso se las escribiría alguien allá en África, algún compañero, porque él no sabía ni leer ni escribir. Él siempre decía que si a mi hermano algún día le tocaba ir a la guerra, iba él por su hijo, aunque fuese un viejo cuando le tocase, pero que lo último que quería en la vida era ver a su hijo pasando lo que él pasó.

Todavía tengo el recuerdo de cuando llegó mi tío. Lo habían mandado pa la península, como a todos los canarios que les tocó. Llegó a casa de mi abuela lleno de piojos y bichos blancos, la ropa podrida, olía a infierno, parece que lo estoy oliendo ahora. Eso era un hedor que nunca en mi vida había conocido, ni volví a oler algo así. Yo pienso ese pestazo ahora, más de ochenta años después, y solo me trae pensamientos de pena. Venía muerto de hambre, pobrecito mi tío. Mi abuela cuando lo vio entrar en la casa así, agarró todo lo que llevaba puesto, lo tiró a un tanque que había detrás de su casa y le pegó fuego. No intentó ni lavarlo y mira que antes no se tiraba nada, pero eso no había quien lo metiera en vereda otra vez. Ni a la ropa ni a mi tío. Llegó cambiado.

Y qué sé yo mi niño, si iba con los franquistas o con los otros, yo no entiendo de guerras, ni de política, ni de buenos, ni de malos, tú sabes que yo soy analfabeta de esas. Yo sé que estuvo ahí en la península pero nosotros no sabíamos de eso. No hablábamos de esas cosas. Y menos íbamos preguntando a mi tío y a mi padre por la guerra.

Ya cuando llevaba unos días en la casa se puso a hablar. Mi hermana y yo nos escondíamos pa escuchar lo que contaban los mayores. A nosotras no nos dejaban escuchar, ni preguntar, ni estar. Contó que a un compañero y a él los habían trincado los otros, los que no eran de los suyos, y que los llevaban en un tren a saber a dónde. Estaban muertos de miedo, ellos sabían que si los llevaban sería pa matarlos o pa meterlos presos pa toda la vida, que de esa no iban a salir. En medio del camino se tiraron del tren, se tiraron a matarse, ellos saltaron con el tren en marcha pa quitarse la vida, no tenían ellos en mente escaparse y volver hasta la isla. La suerte que cayeron en unas zarzas o unas fosas, no me acuerdo bien, todos los años que han pasado desde que yo escuché eso y encima que no entendía muy bien, yo te lo cuento así como me viene, no me preguntes tanto y escucha. Al final se quedaron vivos. Estuvieron caminando unos cuantos días. Hasta que una noche vieron unas luces a lo lejos. Era un pueblo chiquito de unas pocas casas. No sabían si ese pueblo era de los de ellos o de los otros. Una mujer los vio ahí en la oscuridad, hablando, pensando qué hacer y les olió el miedo parece. Por el uniforme los reconoció. Les dio de comer en la casa y les enseñó por dónde tenían que ir pa llegar al campamento de los suyos. Gracias a la mujer esa se salvaron y volvieron a Canarias. Bueno, si volvieron vivos digo yo que habrán luchado por Franco, porque si no a ver cómo llegaron hasta aquí, pero no, tú a mí no me hagas mucho caso.

Yo no cuadraba mucho, entodavía era muy pequeña pa saber qué le había pasado, pero ese hombre tenía una mala cara que de golpe fue como si me hiciese mayor, que ya no era todo juego y risa y fiesta. Tenía en la cara pintada todas las tristezas de la vida, del miedo y del que lo habían engañado. Me acuerdo que decía que no quería saber nada de guerras, ni de patrias, ni de banderas. Tenía la mirada podrida, igual que la ropa que mi abuela quemó en el tanque el día que regresó.

20. DUEÑOS DE NUESTRAS VIDAS

Con el primer sueldo que cobramos en el empaquetado de tomates fuimos a hacer una compra grande pa mi madre. Una compra grande en aquel entonces era aceite, un saquito de gofio, papas y si alcanzaba pues un fisquito de queso. También fuimos a la playa y los barqueros nos vendieron unas pocas caballas. Pusimos un poco de dinero cada una de las siete hermanas y le llevamos todo eso a la vieja, pa animarla un poco también, que ella tampoco estaba muy convencida de venirse pal Sur. Todavía la veíamos triste y extrañando.

Mi madre lloró cuando nos vio llegar con todo eso. ¿Pero ustedes están locas? Cobraron y se gastaron todo el dinero. Nosotras privadas le decíamos: ¡Madre, que compramos eso y hasta nos sobró dinero, madre! En el Norte siempre había un plato en la mesa, nunca nos quedamos sin comer, pero pasamos hambre. Un plato de comida te digo gofio amasado con agua, no platos buenos. Mi padre iba caminando de La Vera hasta Santa Úrsula pa llevar a casa un fisco de gofio a la casa. La gente se buscaba la vida pa comer. Estaba todo racionado cuando éramos nosotras pequeñas, tú no podías ir a comprar todo lo que querías. Y tampoco es que hubiese mucho.

Pero lo que te iba a decir, pa comprar aquí en el pueblo no había sino una ventita pequeña, no tenían de todo, era por si te faltaba algo de urgencia a última hora. Pero si querías hacer una compra pa un par de días había que subir hasta San Miguel. Nos llevaban en los camiones de la empresa, de los dueños de la finca donde trabajábamos y vivíamos. Y sabes de quiénes eran las tiendas donde nos llevaban, ¿no? De ellos mismos, claro bobo. Dueños del pueblo, de las tierras, de las ventas, de los mismos camiones que te llevaban a esas tiendas a comprar. Y ahora bueno, parecen santos. Esa gente nos sacó la sangre a todas nosotras y se hicieron más ricos de lo que ya eran. Era el primer trabajo serio que teníamos. Pensábamos que estaba bien pagado. Ahorrando y sin prisa la gente se hizo las casas. Pero de ese entonces yo no tengo cotizado nada, nos enteramos después que eso no se estaba marcando pa la jubilación. Claro que nos quitaban, todos los meses nos decían que una parte del sueldo iba pal seguro, semejantes ladrones. Menos mal que a los años conseguimos otro trabajo más bueno. Si no es por el hotel y los años que estuvimos ahí, no estaba yo cobrando sino una miseria de pensión. Sinvergüenzas que son, ¿no es verdad?

Hace poco iba yo a comprar ahí a la tienda de María Lala y me encontré a uno de ellos. Está viejo, ¿eh? Sí, yo sé que yo estoy vieja, pero yo no me veo como esa gente. Tendrá mi edad o fisco menos, qué sé yo. Pero yo trabajé más que él y me veo más nueva. Pues me saludó, y yo claro que lo saludo. En el trato no era malo con nosotras, eran los dueños de todo, tenían dinero y querían más a las costillas de unas pobres como nosotras. Un rato que estuvimos hablando y se lo dije:

—Ay… mira que nos engañaron ustedes todo ese tiempo en los tomates. A los años nos dimos cuenta que ni nos cotizaron un solo día. Mira que fueron bandidos, eh.

El muy machango se reía. Yo me reí también después, pasamos muchos años juntos y mira tú, qué rencor va a tener una a esta edad, eso no sirve pa nada. Pero yo sé que tengo razón y él también lo sabe, se lo vi en la cara y yo me quedé tranquila ya. Se lo largué por mí y por todas las que vivimos eso.

21. SIN MEMORIA

¿Tú te crees que a mí no se me rompe el corazón cuando veo a los chicos estos que llegaron en las pateras desde Senegal? Si se botan al agua diez no llegan sino seis. El hambre puede más que el miedo, por eso lo hacen. La gente parece que se olvidó cuando de aquí también se iban porque había miseria. Mucha, mucha gente se marchó de aquí pa Venezuela y pa Cuba. Pregunta por el pueblo, casi todos tenemos familia allá. Si no es una tía es un primo o algún cuñado muerto como yo.

Tu abuelo mismo llegó a tener el billete y unas cuantas perras ahorradas pa irse a Venezuela. Quería ir a probar allá, que la gente decía que había mucho trabajo y que se ganaba buen dinero. Ellos allá en La Gomera eran pobres como nosotras en el Norte. Estuvo a nada de irse, al final se arrepintió, y menos mal porque yo no me iba a ir. Todavía estábamos de novios. Se lo dije:

—Si te quieres ir, vete, pero ya sabes, te vas solo. Yo no me voy de aquí. No me fui cuando pasamos hambre de pequeñas, ¿me voy a ir ahora que parece que estamos levantando un fisquito más? Yo de mi isla no me voy. Ya lo sabes, ahora tú haz lo que te dé la gana.

Pues con el billete que tenía tu abuelo se fue su hermano, él no tenía compromiso que lo amarrara aquí. Cuando se supo a los años que le iba bien allá, se fue el hermano más chico detrás de él. Ellos vinieron con tu abuelo de La Gomera pa Tenerife. Estuvieron trabajando también en los tomateros aquí. Pero era una vida dura, ya te lo dije, la gente intentaba hacer las cosas de otra forma y a veces les salía bien. Se marcharon pa Venezuela, hicieron su buena fortuna, tuvieron su familia y alguna vez volvieron a visitar a sus padres. Murieron allá viejitos, toda una vida lejos de su tierra. Padescanse estén.

Claro que no querían irse al principio, pero allá había más trabajo y más oportunidad, niño. Se podía hacer dinero pero nadie quiere irse de su tierra por la fuerza. ¿Quién sabe por qué huyen esos niños de su país? Por hambre, por guerra, pa ayudar a la familia. Vete tú a saber. Esos chicos que van por la calle vendiendo los bolsos y las pulseras esas, ¿la gente se cree que están ahí por gusto? La gente es tonta entonces. Antes por lo menos te ibas a otro país, te cambiaba la vida, conseguías un trabajo, mandabas dinero pa casa y a veces hasta te volvías pa tu tierra con fortuna. Era por algo mejor, que pa eso te vas, pa eso dejas lo tuyo atrás. ¿Pero ellos aquí qué tienen? Hambre nada más, pobrecitos mis niños.

Los hermanos de tu abuelo hicieron su vida allá, a ellos la verdad que les fue bien. Entonces fue una buena idea, nunca se arrepintieron. Tuvieron su finca y sus negocios, hasta llegaron a comprar una finca aquí en Tenerife también. Pero ellos siempre tuvieron la pena de dejar atrás su tierra, su familia, sus amigos. Los tengo siempre en la memoria.

Hay que ponerse en los pies de esa gente que sale fuera. No hay que ser bruto con la gente que lo está pasando mal. Aquí mismo en el pueblo. ¿Cuánta gente ha llegado? Yo creo que no hay ni una raza que no esté en este pueblo. Hay de todo, ¿eh? Extranjeros de la Inglaterra, alemanes, de Colombia, africanos, del Marruecos, de todo hay. Pero ya de años, no es de ahora. Ya los niños son nacidos aquí, esos son canarios. Y también casados con canarias. Todavía hay gente que no le gusta, mira tú, si eso ha sido siempre así. Desde que llegamos nosotras del Norte.

Aquí no había sino gente de aquí, de aquí te digo del Sur. A los del Norte nos miraban raro. Decían que la gente de allá arriba eran brutos y que eran unos borrachos. Que siempre andaban buscando pelea y eran unos atravesados. Como si fuésemos distintos los de allá arriba a los de aquí, en la misma isla, imagínate. Hasta una de las calles de abajo no quería que mi hermano enamorara con su hija porque decía que era del Norte y esa sangre se le pasaba a los niños. Así como te lo digo, mi niño.

Hasta yo fui así. Cuando llegamos nosotras a Los Pozos también llegaron un montón de gomeros. Yo cuando vivía arriba siempre escuchaba historias de gomeros, que eran duros como riscos, que eran fuertes como bestias, que eran distintos a nosotras y yo como nunca había salido de Tenerife pues tenía eso en la cabeza. Empezamos a trabajar todos juntos en los tomates y cuando llegué a casa yo se lo dije a mi madre:

—Madre, pues los gomeros son iguales que nosotras. Las mismas caras y todo.

—Aua, ¿y yo qué soy, misija? ¿Yo no soy gomera también? Tú sos boba. Yo llegué de La Gomera también antes de que tú nacieras.

Que sí, niño. Que yo en mi pueblo solo conocía a gente de mi pueblo. Yo oía hablar de gomeros y se los imaginaba una como de otro sitio lejos, distinto, como no estaban aquí en la isla, como si fuese otro país o algo. Y mira por dónde, que acabé yo casada con un gomero y ahora todos ustedes tienen la raza también. Y menos mal que lo conocí.

22. EL QUE NO ADULA NO COME QUEQUE

Los hombres, y más los de antes, que siempre se las daban de que trabajaban duro, alguno había es verdad pero también muchos se hacían los bobos, eran unos vagos y unos adulones. Nos daban a nosotras los trabajos más brutos, nos ponían a las mujeres a picar la tierra con las azadas y ellos atrás echando guano y semillas, el trabajo duro que presumían ellos que hacían era todo pa nosotras, y ellos a la papita suave. Muchos eran así de listos. ¿No dicen que los fuertes son los hombres, que eran los que cargaban el trabajo pa mantener la familia y las mujeres pa las cosas livianas, pa las cosas de la casa? Un carajo, ahí las que nos fastidiábamos éramos nosotras.

Había uno, Pepe se llamaba, Pepe el Mediolitro, le decían. Ese sí que era zorrito, siempre estaba con la chaqueta puesta en la esquina de la finca fumando, haciéndose el guapo. Imagínate tú una persona trabajando en el campo con la chaqueta puesta. Era más presumido ese. ¿Y pa qué se iba a sacar la chaqueta si no movía un dedo? Ni se ensuciaba el muy gandul. Pero cuando escuchaba llegar los coches de los dueños de finca, se conocía ya el ruido de los coches y los camiones que eran de los dueños, se sacaba la chaqueta, cogía la azada y se ponía a gritar:

—Venga trabajen coño, que la tierra no se trabaja sola. Manada de gandulas. Todo el santo día pa remover un fisco tierra nada más.

Nos hervía la sangre cuando hacía eso. Nosotras trabajando como mulas todo el día y luego los jefes le daban la palmadita a él: «Esto sí es un buen capataz, mira cómo arrima él el hombro y pone a todo el grupo firme». Después, cuando se iban los jefes, soltaba la azada, se lavaba bien lavado y otra vez a ponerse la chaqueta de limpio. No podíamos ni verlo en pintura, a mí por lo menos me daba una rabia por la barriga nada más escucharle la voz a ese hombre. No sé cuál de nosotras empezó a decírselo pero desde ese día todas las del grupo nuestro cuando se ponía así de adulón le empezábamos a gritar:

—Adula, Pepe, que el que no adula no come queque. Adula, Mediolitro.

Cada vez que lo hacía le cantábamos eso. Él se enfadaba y nos decía que nos metiéramos en nuestras cosas. Que él mandaba más que nosotras. Así eran muchos pa hacerse amigos de los dueños y de los encargados. ¿No te acuerdas lo que te conté de la huelga? Pues así todos, parecen todos cortados con la misma tijera. Se creían que los dueños los miraban como a iguales. Los tenían como bobos también, pero ellos se creían que no. Se pensaría que los dueños le iban a regalar un pedazo de terreno o ponerle una casa. Fuerte tolete.

Al final lo acabaron echando. No sé si es que alguien le fue con el cuento a los jefes o si los propios encargados habían puesto a alguien a acecharlo. Aunque se le veía de lejos que tenía la cara muy dura. Yo por lo menos no fui a decirle nada a nadie, todas lo sabíamos pero yo no fui. Nosotras éramos amigas entre nosotras, con los dueños no teníamos ni confianza, respeto sí, claro. Trabajar de sol a sol, cobrar y sin rechistar. Sin amistades.

23. HISTORIA DE UN AMOR

¿Que si me acuerdo de la primera vez que lo vi? Pues claro que me acuerdo, mi niño. En estos campos trabajamos por casas de familia. Cuando llevábamos un par de meses a mi familia la pararon aquí en Las Galletas y nos mandaron a Guía de Isora. Habíamos pedido volver pa acá si salía algún puesto otra vez, allá arriba no nos hallábamos. Estuvimos unos meses nada más, no nos gustaba, ya nos habíamos hecho a Las Galletas. Yo creo que sí, que desde ahí yo supe que me quería quedar. Cuando quedó un hueco libre aquí nos mandaron a llamar. Otra vez a tropel con todas las cosas pa abajo. Eso era así, donde había trabajo había que moverse. A veces también nos mandaban emprestadas de una finca pa otra, pero eso era por días, no que tuvieses que irte a vivir a otro lado, si hacía falta un grupo pa echar el día en el empaquetado de Cho venía un camión, nos recogía y nos llevaba hasta allá. A veces nos traía pa abajo de vuelta y otras volvías caminando, antes era un momento, ahora sí me parece lejos. En Guía sí estuvimos viviendo unos cuantos meses pero tampoco llegó al año, hicimos todas las perrerías posibles pa que nos cambiaran.

Cuando volvimos al pueblo, pasando con el camión a la altura de lo que ahora es El Fraile había un hombre arando la tierra con unos toros grandes, fuertes bestias. Y el muy animal tenía a las bestias domadas como si fuesen perros. Yo decía a mis hermanas, miren pa ahí, ese hombre con esos animales. Eso si es un hombre de provecho, miren, miren cómo maneja esos toros. Mi hermana me dijo:

—Ese es gomero, creo que viene de Chipude o de por ahí cerca, como todos. Vino con dos hermanos más. La gente dice que están pensando en marcharse a Venezuela. Que esto no les gusta mucho.

Sí, claro, claro que era guapo, coño. El más guapo, qué te voy a decir yo si era el mío, bobo. Pero antes se miraba eso más que si era guapo, te fijabas si era un hombre trabajador. Ser un gandul no estaba bien visto. Ese fue el primer día que yo lo vi.

Algún domingo, cuando no había fiesta en Las Galletas, hacíamos los bailes en el salón de los empaquetados. Se preparaba todo bien, se dejaba bien limpio y bien barrido, los techos y las paredes enramadas. Los hombres sacaban las guitarras, bebían vino y a nosotras nos brindaban alguna copita de anís. Se montaban buenos tenderetes.

Tu abuelo era un parrandero, a ese sí que le gustaba una fiesta. Estaba todo el día riéndose y haciendo reír a la gente. No lo hacía adrede, es que era así, era alegre. Y si ya se tomaba unas cuartitas de vino más todavía. A mí me hacía explotar de risa, me encantaba verlo. Él no sabía tocar la guitarra bien pero cuando estaba contento se ponía a rascarse la barriga como si tuviese una y cantando canciones mexicanas. Así lo llamaban, Manuel El Guitarra.

Un día me sacó a bailar en el salón, otro día salimos a pasear por la orilla de la mar, si me veía muy cargada me ayudaba con el trabajo que tenía en la huerta, era atento, eso sí. Si algún día cogía yo algún ajuste y me quedaba más horas en el trabajo, él se quedaba conmigo hasta que acabara. Y así, poquito a poco, día a día, hicimos la familia esta que tenemos hoy. Era un hombre bueno, por lo menos conmigo y dentro de la casa era un hombre bueno, ya pa fuera no sé. Eso mismo le digo yo a las vecinas en la calle cuando me paran:

—Ay, mi niña, fuertes nietos y nietas guapas tienes. Y muy bien educadas que son.

Yo les contesto que sí, que dentro de mi casa sí son muy buenas, que ya lo que hacen por ahí cuando salen no sé yo, que cuando se van a las fiestas y todo, a mí que no me digan nada.

Ya hace veinticinco años que se fue, pero eso sí te lo juro yo por mi madre, que no hay un día que yo no me acuerde de él. Ni un solo día ha pasado que yo no haya pensado en él. Y la canción esa, como decía, la del mexicano Pedro Infante:

—Ya no estás más a mi lado, corazón... Y en el alma solo tengo soledad... Y si ya no puedo verte, ¿por qué Dios me hizo quererte? ¿Para hacerme sufrir más? Siempre fuiste la razón de mi existir... adorarte para mí fue religión... Y en tus besos yo encontraba, el amor que me brindaba, el calor de tu pasión... Es la historia de un amor, como no habrá otro igual...

Lo echo tanto de menos, me ha hecho tanta falta todos estos años. Menos mal que los he tenido a ustedes y los he criado a todos, la vida se me hizo un poco más fácil. Así que una cosa te digo, déjate de fumar, que pareces un machango con ese cigarro en la boca. Si te dan ganas de fumar te pones un palillo y ya está. Qué quieres, ¿morirte tú también del pulmón?

24. POR EL RECUERDO DE MI ABUELA

Íbamos un día camino a Alcalá a coger la falúa pa ir pa La Gomera y nos cruzamos con un hombre que iba como ido, como en el aire, iba tocando una flauta. Yo pensé que iba medio rascado porque iba él solo por la vereda de la carretera tocando la flauta, bailando y mirando pal cielo. Le digo a tu abuelo:

—A ese hombre lo conozco yo. Tiene que ser él, yo no me equivoco nunca con una cara conocida. Te digo yo que sí, que es él.

—¿A qué hombre? ¿Al negro? Qué vas tú a conocer a ese hombre, muchacha. ¿Dónde has visto tú a esa persona?

Paré al hombre y le dije:

—Hola, Francisco, ¿cómo estás, mi niño? Mira pa mí, mírame bien. ¿No me conoces?

—Oh, niña, cuántos años hace que no te veía. Cómo no te voy a conocer, si tienes los mismos ojos que tu abuela, como pa no conocerte. Esa mujer fue como mi madre aquí. Yo siempre voy a estar agradecido de ella y de todas las Clarinas. A esa familia le debo yo tanto.

Cuando yo era chiquita él iba por La Montaña vendiendo jareas. Tú sabes lo que son jareas, ¿no? Desde Alcalá caminando hasta La Vera iba a vender. Mi abuela lo dejaba dormir en su casa hasta que vendía todos los sacos de jareas. Le ponía de comer y hacía vida allá con nosotras. Venía como una vez a la semana o una vez al mes por decirte, según le daba o según conseguía, dormía una o dos noches en casa de mi abuela y después se marchaba otra vez pa Alcalá. Ahí no se veían muchos negros, bueno, yo en mi vida solo lo había visto a él. Era más bueno ese hombre. Sí, sí había gente que lo miraba raro o que no lo querían cerca, pero mi abuela era así, a ella le daba igual esas boberías. Si a alguien le faltaba un plato de comida o tenía que quedarse a dormir ella lo dejaba en su casa. No era desconfiada.

La primera vez que Francisco volvió a casa después de mi abuela morirse se puso muy triste el hombre:

—No es por no poder quedarme más aquí, son muchos años, era como una madre ya. Lo que quería yo a esa mujer. Qué pena más grande.

Mi tía siguió haciendo lo mismo con él cada vez que aparecía por La Montaña. Por el recuerdo de mi abuela, será. Mi tía le dijo:

—Francisco, aquí nadie piensa que tú te estabas aprovechando, mi niño, aquí sabemos el corazón que tú tienes y lo que te quería mamá. Vas a seguir viniendo a quedarte aquí cada vez que quieras, ¿me escuchas? Ni se te ocurra dejar de venir porque se nos haya ido la vieja. Aquí eres uno más, aquí te queremos mucho.

Mira que me besó y me abrazó el hombre ese día. Se acordaba bien el jodido y hacía años que no nos veíamos, si yo era una niña cuando eso. Ahí nos despedimos, nosotros seguimos camino al muelle y él siguió tocando la flauta más fuerte y más alegre todavía. No era que estuviese templado, era que cuanto más contento estaba más tocaba. Me dijo tu abuelo: «Coño, pues era verdad, pues sí que conocías tú a ese hombre, casi no te suelta».

Por eso cuando estoy aquí asomada a la ventana o voy pa la venta a comprar y veo a alguno durmiendo o pidiendo en la calle me da por bajarle comida, o si tengo alguna moneda suelta le doy. Será por el recuerdo de mi abuela, digo yo.

25. UN BARRANCO DE AGUA

Yo prefiero que haga frío mil veces antes que este turrero. Y la lluvia, bien me gustaba a mí ver la lluvia. Antes sí caía agua, ahora caen cuatro gotas y la gente se asusta y se queja, que no pueden salir, que no se pueden sentar en las terrazas, parecen gatos corriendo pa casa cuando cae un fisco de agua. Mira que son bobos, eh. Ya no llueve como antes, ¿verdad? Bueno, tú qué vas a saber si naciste el otro día.

Antes las barranqueras de agua arrastraban todo allá en el Norte. Lo malo que era tanto lo que caía que muchas veces había destrozos. Pero eso así, en todas las cosas de esta vida, mi niño, algo pasa y trae sus cosas buenas y también las malas, es igual con todo. Se llevaba por delante casas y barriadas enteras. A mi tío Chano le dieron una casa en el Puerto porque un temporal se llevó la barriada donde él vivía. Cuando caía un agua buena así nosotras nos subíamos a un muro grande pa ver bajar el agua por el barranco que estaba detrás de mi casa. Bueno, nos pegábamos toda la tarde, así se entretenía una. Te sentabas a mirar y veías cómo pasaban por delante vacas, cabras, árboles grandes. A veces arrastraba hasta personas.

Había un viejo que tenía una choza al fondo del barranco. Siempre estaba con ese barrenillo en la cabeza, que un día se le iba a llevar la casa un temporal y por eso siempre estaba al acecho. Cuando veía que empezaba a caer agua muy fuerte salía y gritaba:

—¡Un barranco de agua! Salgan que ya viene. Hoy sí viene, señores, hoy sí, salgan de las casas que viene una tromba buena. ¡Un barranco de aguaaa!

El hombre lo hacía pa avisar claro, por si había gente durmiendo pa que no los cogiera de sorpresa. Así los vecinos se iban preparando y sacaban a los animales del barranco. Se ponían a dar paseos a ver si veían gente por el camino. Se formaban cuadrillas de hombres que echaban una mano pa que no pasase ninguna desgracia, iban limpiando el barranco de gente, de animales, de ramas, pero siempre quedaba algo o no llegaban a tiempo.

Mi padre llegó un día con un muerto a casa de mi abuela. Que sí, el cuerpo de un hombre, te lo juro por Dios que llegó con el cuerpo echado al hombro. Después de un día de lluvia fuerte, salieron a ver si había destrozado mucho por el barranco pa abajo. Entre ramas, árboles y un montón de barro apareció un cuerpo. El agua seguía corriendo fuerte todavía por el barranco, así que o cogían a ese hombre o el cuerpo seguía pa abajo y se perdía. Mi padre bajó y lo sacó no sé cómo, yo solo sé que llegó a casa de mi abuela con el muerto en brazos. Pobre desgraciado.

Y muy bien hecho que estuvo. Yo no me hubiese atrevido. Verlos me da igual, ver un cuerpo mira tú, cuántos muertos habrá visto una en toda su vida. Pero cargarlo y llevarlo hasta la casa yo no, mi niño. Al ratito de haberlo llevado a casa llegó la justicia pa llevarse el cuerpo y bien agradecidos que estaban. Si no a ese hombre no se le ve más, ni pa que la familia dijese si era él o no, ni pa que se pudieran despedir y pa que enterraran el cuerpo. Al día siguiente apareció la madre del chico en casa de mi abuela a darle dinero a mi padre. Hombre, claro que no, ¿cómo iba a coger dinero por eso?

Deja ver si estos días llueve aunque sea un fisquito pa verlo por la ventana.

26. MANTEQUILLA AL ESTRAPERLO

La madre de una amiga mía allá en el Norte, en La Vera, cuando éramos chiquitas tenía una lechería. ¿Te acuerdas que te conté yo un día aquí sentados los dos bebiendo café que iba con una chica a la cárcel a llevarle comida a Manuel, uno que era ladrón? Pues esa misma chica, ella era la hija de la lechera del pueblo. La sobrina de Manuel.

Su madre vendía la leche allí pa todo el pueblo, también hacía mantequilla, pero esa la vendía a escondidas. Eso se vendía al estraperlo. ¿Tú sabes lo que es el estraperlo? La madre le daba la mantequilla pa llevarla a vender a los hoteles del Puerto. Yo la acompañaba. Íbamos caminando de La Montañeta hasta el Hotel Taoro y al Hotel Monopol, hoy en día todavía están abiertos esos hoteles, creo yo. Los hoteles y algunas ventitas del pueblo compraban al estraperlo porque era más barato también. Pero se tenía que hacer a la escondida, en esos años si te cogían haciendo eso, agárrate. Te buscabas un problema grande. Una en ese entonces ni pensaba en eso, no teníamos miedo porque no nos enterábamos de nada. Pa mí por lo menos era como salir a jugar con mi amiga.

La mujer nos preparaba todo antes de salir. Metíamos la mantequilla en los cestos y por encima le poníamos unos paños de tela doblados, y encima de eso poníamos flores, un montón de flores pa disimular, ¿sabes? Como éramos dos niñas chiquitas ni nos paraban, porque nos veían con las flores en los cestos y se pensarían que eran cosas de niñas. Por eso nos mandaba la madre, bobo. Si iba ella sabiendo que era la lechera la revisaban seguro, pero a dos chiquillas, ni caer en eso.

Antes no ibas tú como ahora y comprabas en el supermercado hasta llenar el carro pa todo el mes. Eso estaba todo controlado, lo racionaban, había unos salones grandes donde se hacía eso. Las familias iban cuando les tocaba, ya no me acuerdo muy bien cómo era, y les daban lo que le tocaba a cada una. A lo mejor te daban un saquito de gofio, unos pocos huevos, garbanzas, lentejas, pero te daban poquito, casi contado, pa que le llegara a todo el mundo igual. Entonces alguna gente pa ganarse unas perras de más hacía eso del estraperlo, lo vendían por fuera de la ley. El que tenía gallinas lo hacía con los huevos, la que tenía cabras lo hacía con la leche, así todo el mundo.

Es que tú no sabes las miserias y el hambre que pasábamos en esa época, mucha hambre, mi niño. Después se fue mejorando, pero esa época después de la guerra fue fea. Dios no quiera que vuelva a venir una guerra aquí y ustedes tengan que vivir eso. Prefiero morirme antes de que llegue pa no verlo.

Yo de eso de la mantequilla no ganaba nada, yo no lo hacía ni por ganar unas perras de más ni nada. El dinero se lo dábamos todo a la madre al volver. A veces si a la mujer le salía pues me daba un poco de mantequilla, pero me la comía antes de llegar a casa, que si mi padre se enteraba de que yo hacía eso me mata. Yo lo hacía por la novelería nada más, por acompañar a mi amiga.

27. EL GREÑUDO BUENO

Una tromba de agua como esta no, más entodavía. Antes cuando había temporal fuerte el agua de la mar llegaba hasta la iglesia, se metía casi por debajo de las puertas. No estaban esas casas que ves tú ahora en el paseo de la playa. Ni el paseo siquiera. Por eso entraban las olas directas pal pueblo. No había nada que las parase.

Cuando llegaba el tiempo sur las olas de la mar se estampaban contra las paredes de la iglesia. Pues te voy a decir yo de un cura que había aquí hace un montón de años. Había gente que no lo quería. No era un cura como los otros, ese sí ayudaba de su propia mano a los pobres y a la gente necesitada. No iba con esos aires de cura, ¿sabes? Que se piensan ellos que son Dios en la tierra, que sí, Lala. Él iba con el pelo largo, la barba larga y la sotana siempre. Los que lo querían largar aprovechaban en las procesiones de la Virgen del Carmen o cuando daba alguna misa fuera y le gritaban:

—Cállate, peludo. Mándate a mudar de aquí y córtate esas greñas, melenudo. Fuerte pinta de jediondo tienes con esos pelos. A este pueblo tiene que venir un cura de verdad como había antes.

Yo creo que como llevaba el pelo así de largo, llevaba la barba y ayudaba a los pobres los toletes esos se pensaban que era comunista o algo de eso. El pobre hombre no les hacía ni caso, ni se enfadaba, ni les contestaba. Y yo pa mi creo que no era comunista, él solo hablaba de la palabra de Dios, más nada, ni política ni santa política.

Pues el día ese que te digo yo había tan fuerte temporal que pensábamos que la iglesia se caía al suelo y el cura estaba dentro. Desde por la mañana que empezó a llover ya se sabía que se iban a inundar las calles como pasaba siempre, pero en cuanto fue pasando el día se puso la cosa más fea. Las olas mandando estampidos contra la iglesia, parecía que los muros se movían, yo te juro que de la ventolera sonaban las campanas. Hasta algún pedazo de pared se cayó. Desde el balcón chiquito que hay arriba, donde vive el cura. ¿Tú lo has visto? Ahí se veía la cabeza del hombre asomado. La gente le gritaba:

—Sálgase de ahí, cristiano. Sálgase que eso viene peor y la iglesia se va a quedar en pedazos.

Eso era la gente que lo quería. Porque luego escuchabas a otros por detrás diciendo que ojalá y se reviente la iglesia con él dentro. No sé qué tanto odio tenían por ese cura, pero él no se bajaba del burro:

—Si se cae la iglesia yo me caigo con ella. Esta es mi casa, y el templo de Dios. Si el Señor quiere que yo me vaya con este temporal, yo soy feliz con ello.

Dos barqueros de las calles viejas de abajo se acercaron con la chalana. Uno de ellos se metió por la puerta de la iglesia y lo bajó a rastras por los pelos pa abajo, lo metió en la barca y se lo llevó a tierra. El cura bajó mudo. Los barqueros eran más brutos que un arado, ni convencer ni nada, lo sacó como a una pluma. Y menos mal que fue por esos dos porque, si no, él se quedaba ahí. Al final la iglesia se quedó en pie, pero quién iba a saber eso.

Eso sí eran buenos temporales y buenos curas.

28. MPAIAC

¿Tú ves la librería esa de la esquina, la de Noelia? Pues ahí estaba el banco antes. Era un banco de Bilbao, creo. Cuando tu padre era chiquito pusieron una bomba ahí. Bueno que si me acuerdo. Una bomba, una de verdad que sí. Coño, no era una bomba de esas que rompen todos los edificios, pero retumbó en todo el pueblo. Y la pared de la librería la dejó toda bujereada y los cristales del edificio de enfrente se reventaron todos.

Hace años ya te digo, si tu padre era un niño, imagínate. Pues había unos terroristas, locos de esos que ponían bombas. Decían que estaban por todas las islas. No eran bombas grandes como aquellas de la ETA, pero sí, sí pusieron una ahí mismo debajo de casa. ¿Tú no has escuchado hablar de Cubillo? Aquel que se fue pa África porque aquí lo mataban. Pues él era el jefe de todos esos. Había chicos de Cabo Blanco, del Valle San Lorenzo, de San Miguel y del Norte ni te digo, allá era donde más chicos andaban metidos en eso. Decían que había alguno de aquí del pueblo, pero yo nunca supe si había alguno de aquí metido, no se hablaba mucho de eso porque era peligroso.

Ellos decían que no querían ser españoles y en contra del rey y todo eso, mira tú, que querían que Canarias fuese un país. Ponían petardos nada más. No mataban gente como aquellos del

País Vasco. ¿Cómo es? Esos, esos, el MPAIAC. ¿Y tú qué sabes de eso? Si tú no eras ni nacido, muchacho.

¿No sabías que habían puesto una aquí? Sí, sí, lo del aeropuerto de Los Rodeos eso es famoso también, pero cállate, que yo te estoy contando lo de aquí. Pues esa noche se escuchó el taponazo en toda la calle. Era de madrugada, no se escuchaba ni un grillo en la calle, todos durmiendo ya. Pensé que se me iba a salir el corazón del pecho. Yo me levanté rápido y lo primero que hice fue ir a ver cómo estaban los niños. Tu padre chiquito saltó de la cama y yo salí pa la calle con la bata y las cholas. Estaban todas las vecinas por fuera. Hasta el día siguiente no se supo qué había sido. Toda la gente inventando, que si una bombona, que si estamparon un coche pa robar. Por la mañana fue cuando nos enteramos que fueron ellos porque salió en el periódico. La pared se bujereó toda, se quedó un pedazo con los azulejos de la pared de otro color casi hasta el otro día.

Nunca se supo quién fue. La persona, digo, los que fueron sí se sabe, esos que te digo yo. Pero el petardo ese nunca se culpó a nadie ni se lo llevó a la justicia. Se decía, se hablaba por el pueblo, que fue uno de pa allá arriba del Valle o de Aldea, pero vete tú a saber. Ya se acabó eso, hace años que no se escucha de esa gente, yo creo que ya pararon o que los hicieron parar. Tú no te estés metiendo en boberías de esas, más nada te digo.

29. POBRES PERO HONRADAS

Cuando abrió el hotel aquí en Las Galletas nos fuimos de los tomateros a trabajar pa ahí. No nos fuimos del golpe, al principio íbamos por las mañanas al campo y por las tardes al hotel. Empezamos limpiando cuando todavía no había una cocina grande ni muchos clientes, lo de la cocina fue después. Nos hacían un contrato y nos pagaban un montón más. Por lo menos cotizábamos pa luego cobrar cuando fuésemos viejas.

Un día entramos en una habitación a limpiar. Había que hacerlo rápido, en lo que los clientes iban a comer o iban a la piscina había que dejar toda la habitación como el oro de limpia. Cuando entramos había montón de dinero regado por todo el suelo. Fajos de billetes encima de la cama y de la mesa, monedas por todas las esquinas tiradas. Nos quedamos asombradas, yo no había visto tanto dinero junto en mi vida. Le dije a la que iba conmigo:

—Ni que se te ocurra tocar nada. Yo me conozco esto. Yo sé lo que quieren hacer. Eso lo hacen adrede, lo tienen todo contado pa ver si robamos. Ellos saben hasta la última perra que hay en esta habitación. Eso nos los hacían a nosotras cuando éramos chiquitas y limpiábamos en las casas ricas de La Laguna y La Orotava. Al principio, los primeros días siempre dejaban algo de valor a la vista. Claro, pa ver si eras de fiar o eras una ladrona.

Tú déjalo todo como está que mañana se lo digo al director. No fregamos ni el suelo. Así mismito se quedó. Dejamos la habitación toda tirada. Al día siguiente vino la gobernanta, una peninsular que era una relamida, y nos dijo:

—Hay una queja de la habitación número 7. Os la habéis ganado con el director. Dice que vayáis al despacho de inmediato a hablar con él.

Desde que la gobernanta nos dijo eso fuimos voladas pal despacho a hablar con él. Fue el primer director que hubo, un extranjero que no hablaba bien español. Tenía que ser de Bélgica o de Holanda o de por ahí, qué sé yo. Nosotras tampoco hablamos inglés. Entramos y nos dijo:

—Señoras. Habitación 7 mucho sucia. Vosotras no limpiar. ¿Qué pasa? Próxima vez a la calle.

Me entró un calentón por todo el cuerpo. Me dio una rabia. Él se pensaba que nosotras éramos tontas. Que por venir de trabajar las tierras íbamos a ser más bobas que él. Yo no hablaba inglés tampoco pero lo dije como pude:

—Mira, mi niño, dinero, *mony, mony*, en el suelo no poner. ¿Oíste? Nosotras no ladronas, ¿eh? Nosotras gente buena, trabajadora, robar no. Gente pobre sí, pero no ladronas. Mañana quitar dinero o nosotras no limpiar, ¿vale? ¿Entiendes? Pues bueno, ya lo sabes.

Al día siguiente ya no había dinero en ninguna habitación. Ese se pensaba que éramos bobas. Si yo vi montones de esas así en el Norte, que lo hacían pa echarte después por ladrona. A algunas que robaban las cogían rápido de esa manera. Yo lo que no es mío no lo toco. Yo lo que trabajo y me toca es mío porque me lo gané pero si es ajeno no se toca, eso me lo enseñaron a mí desde bien chica en mi casa, lo mismo que yo a ustedes. Eso es lo más feo que hay en esta vida. ¿Estamos locos? ¡Ni por cuánto!

30. GOFIO PA RATONES

Como un día que iba un grupo en un camión vendiendo pinocha pa hacer el estiércol, antes se echaba pinocha pa abonar, claro. Por eso ahora cuando hay fuego ese monte se pega tan rápido, porque nadie lo limpia, ni tanta gente recoge pinocha como antes. Si cogiesen toda esa pinocha de los montes y la usaran pa hacer abono verías tú cómo no se quemaba tanto cuando hace calor. Aunque muchas veces no es el calor, sino algún sinvergüenza que tira cigarros al monte. O se ponen a hacer chuletadas en sitios que no tienen que hacerlo. O extranjeros que se meten en sitios en los que no tienen que estar. Hasta propia gente de aquí pa hacer negocios con el suelo quemado. A esa gente habría que meterla en la cárcel, eso de quemar el monte es de no tener corazón.

Bueno, lo que estaba contando, el grupo ese iba vendiendo kilos de pinocha por todo el norte de la isla. Ellos eran del mismo pueblo que nosotras, pero se pegaban días y días por ahí con el camión. Ese día iban a parar a comer en La Victoria, estaban fritos por comerse un escaldón de gofio ahí. Pero una de las mujeres que iba vendiendo con ellos y que iba en el camión le dio antojo de ir a comer a Santa Úrsula. Había una casa de comidas que hacía el mejor potaje del norte de la isla. Claro, es así, cuando una está embarazada le dan antojos así sin venir a cuento. Tanto dijo la mujer, tanto ajeitó a los demás que iban en el camión que pa hacerle el gusto no pararon en La Victoria, siguieron hasta allá y comieron en Santa Úrsula.

En aquellos años había mucho ratón en las casas de campo. En las bodegas y los restaurantes, lo que hacían pa matarlos era mesturar gofio con veneno pa echárselo y matarlos. Les llegaba el olor del gofio pero no del veneno y se quedaban tiesos. En aquella casa de comidas que pararon se ve que había algún ratón. Porque pidieron potaje y claro, si comes potaje pides gofio. Pues aquel día se equivocaron de saco, en vez de darles el gofio pal potaje les dieron la bolsa mesturada con el veneno.

Ellos vivían cerca de nuestra casa, como decirte dos calles más atrás aquí. Volvieron pal pueblo después de comer. Pasadas las horas, ya por la tarde se empezaron a escuchar gritos, primero los de la casa, puro lamento y pidiendo ayuda y que se ahogaban. Al principio se escuchaba como si estuvieran devolviendo, arrojándose, ¿sabes?, como cuando te pones malo de las tripas. Entonces empezaron a pedir socorro. Después ya se mezclaron los gritos de ellos con los gritos de los vecinos que se iban acercando. ¿Pues tú sabes qué? La que iba embarazada, la que tenía el antojo de potaje fue la que no murió. Ella decía que no le gustaba el gofio en el potaje, que eso le quitaba el sabor. Fue la única de los siete que iban en el camión que se salvó. La que cambió el rumbo del grupo y los llevó a comer veneno. Ella fue la que nos contó la historia años después. Parece que todavía escucho los gritos aquellos. La mujer me dijo que a veces le parece escucharlos también.

31. TODO SE PAGA

Todo se paga en esta vida, niño. Si tú haces algo malo la vida te lo va a devolver, yo no sé si es Dios o qué será, pero algo hay. Al revés no, las cosas buenas no te las devuelve la vida, eso lo haces porque te nace, porque lo haces de corazón, tú no hagas el bien esperando que te recompense nadie, ni Dios ni nadie. Hay veces que uno se equivoca sin querer y hace daño, pero no hay que hacerlo con maldad porque te vuelve, eso te lo juro yo. Te voy a contar una pa que veas como al final se paga.

Una vecina nuestra en La Vera estaba peleada con la madre. Desde joven se dejó de llevar con su madre y siempre se trataban al trancazo. Ella creía en brujerías, eso era un demonio. Había estado en Cuba y decían que había traído pa aquí la magia negra. Que había aprendido a hacerla allá. Ella tenía un hermano que cuando volvió de la guerra volvió con tuberculosis de esa, esa enfermedad que era malísima, a la gente la apartaban cuando tenía eso, ni pasar por delante de la casa. Eso te atacaba a los pulmones. No durabas mucho. Al tiempo de estar malito en cama se murió el chico. La mujer, la bruja que te digo yo, no dejó ir a la madre al entierro. Decía:

—Van y le dicen, que si la veo aparecer por el entierro de mi hermano la cojo y le parto una silla en la cabeza. En vez de un muerto van a salir dos de este velatorio si se le ocurre venir.

A los años de eso ella tuvo dos hijos. Esos dos le salieron igual o más atravesados que ella. Mira que eran niños malos. A mí no me gusta decir que los niños son malos, pero si te digo que esos lo eran es por algo. ¿Pues sabes? Estaban todo el día peleando en la casa, como se ponía ella con la madre, igualitos. A grito pelado que se escuchaba por las ventanas y retumbaba en todo el pueblo.

Uno de los días que estaba peleando fuerte con su hijo el más chico cogió él y levantó una silla y se la partió en la cabeza a la bruja. Le rompió toda la crisma, tuvieron que ir los médicos corriendo a la casa a atenderla. El charquerío de sangre salía por debajo de la puerta pa fuera pa la calle. Ese chico no sabía lo que ella le había prometido a su madre el día del entierro. No fue adrede por cobrársela. Eso fue cosa de Dios o de una casualidad, vete tú a saber. Pero que es real y que pasó así, eso sí te lo juro yo.

¿Que si la mató? No, matarla no la mató, pero podría haberla matado si no van los médicos. Yo creo que esa mujer quedó viva solo pa ver cómo su hijo le hacía pagar lo mala que fue ella con su madre. Pa que tú veas lo que yo te digo, que al final todo vuelve. Todo se paga.

32. LA PRIMERA NEVADA

Ustedes vayan, sí, vayan ahora al Teide a ver la nieve, bobos. Yo sé que sí, que se pone bonito cuando caen las primeras nevadas del año. Se pone todo el mundo de novelero y pa arriba pa la cumbre. Bonito es, pero ahí se enriscan los coches. ¿Cómo que como en todos lados? No, mi niño, eso es peligroso con esas carreteras ahí arriba cuando hay nieve y hielo.

Un día que empezó a nevar como hoy así, no había mucha nieve sino un fisquito nada más. Igualito que hoy, todos privados por subir a ver la nieve. En vez de esperarse unos días a que eso se llenara más, pues no, todos el primer día pal Teide. Un grupo del pueblo organizó una excursión. Antes no era como hoy que si hay diez personas hay diez coches, qué va. Si uno tenía un camión ese solía llevar un rancho pa todos lados. Se aprovechaban los viajes bien. Pues uno que tenía un camión grande se ofreció pa llevar el suyo y que se apuntara el que quisiera pa subir a la cumbre a ver la nieve. Se empezó a juntar gente, muchacho, el camión iba a rebosar. Todos querían ir. Hasta la niña del que conducía se apuntó. Se puso en la fila pa subir. Y el hombre que no y que no, que era muy chiquita pa subir:

—La chiquilla no viene. Eso hay mucha curva por la cumbre pa arriba. Se va a marear toda y se va a arrojar. Vamos a tener que estar parando a cada rato o vamos a tener que dar la vuelta. La niña se queda.

La chiquilla veía que iban todos y se puso con una perreta que al final tuvieron que llevarla a la excursión. Todo bien preparado. Las mantas, comida pa chascar ahí, hasta pa hacer carne llevaron. Había mucha gente que nunca había visto nevar en su vida. Era bonito la verdad que sí.

Llegando ya a Las Cañadas se empezó a ver un fisco de nieve por un lado de la carretera. No mucha, un poquito de blanco, como decir hielo. Pero alguien se puso a gritar:

—Miren, ya llegamos, miren la nieve. Asómense por este lado pa que la vean. Qué bonito, por este lado está todo lleno.

Todos los que iban en el camión saltaron pa ese lado pa asomarse a mirar. El camión seguía corriendo, no es que se parara pa ver la nieve. Todavía no habían llegado al sitio donde iban a parar a comer. Se alongaron y según se alongaron pa mirar todo el peso de la gente pa un lado con el camión a la velocidad que iba lo hizo volcar. Justo cuando fueron a mirar el conductor cogió una curva y el camión se volcó. Se salió de la carretera y se estampó contra la montaña.

No se murieron todos lo que iban en el camión, pero sí un buen puñado. Hasta la niña del camionero, que tanto se empeñó él en que no fuera. Pobre niña, Dios la tenga en su gloria. Así que ya sabes tú, si van, van despacito y con cuatro ojos que yo no quiero desgracias en esta casa.

33. LOS BARCOS

Aquí en Las Galletas se encallaron unos cuantos barcos. No el mismo día, años distintos, pero yo me acuerdo de verlos casi todos. Uno de ellos fue allá en la Punta del Viento donde vivía mi madre. Me acuerdo que fue tempranito por la mañana. La mujer que tenía la ventita en la playa cuando bajó a abrir la tienda vio unos montones de ropa flotando en la mar. Chaquetas, pantalones y unas cuantas de lonas regadas por toda la orilla. Se puso a gritar, a pedir socorro pa que llamaran a la policía o alguien que viniera a ver quién se estaba ahogando. Se pensaron que era un barco de Los Cristianos, tú sabes cómo es la gente que se inventa los cuentos. Pues alguien dijo eso, que era un barco de pescadores del pueblo de Los Cristianos. Al ratito empezó a llegar gente de allá, playeros a montones, pensando que eran familiares o amigos suyos, pero qué va, no eran ellos. Los chicos estaban atracando en el puerto en ese momento.

Cuando escuchamos el jaleo de toda la gente corriendo pa la playa nos asustamos. Nos fuimos enterando de a poquito de lo que había pasado. Gritos de todos lados: «se ahogaron», «de Los Cristianos», «ropa por todos lados», «fuerte desgracia». Nosotras que teníamos a los niños aquí los dejamos con las viejas pa ir a verlos. Éramos unas noveleras, en todas estábamos. Yo decía:

—Yo no voy, qué va, no puedo, que tengo el niño aquí solo.
Vayan ustedes y después me cuentan. —Pero por dentro tenía
unas ganas de ir a goler.

Cuando una de las viejas me dijo: «Vete, mi niña, que yo te
vigilo al chiquillo». Salí pa la playa como una avioneta. Estaba
todo el pueblo en la orilla, viendo si alguno estaba vivo. Algún
cuerpo ya se veía flotando boca abajo, a ese ya no se le salvaba.
Me acuerdo mi cuñado empezó a gritar:

—Miren aquel, al lado del risco. Ese está vivo, que lo acabo de
ver moverse. Tírenme un cabo pa sacarlo. Corran que se ahoga,
corran.

No había cabos cerca, los barcos de los pescadores de aquí
estaban en la otra playa. Salió uno de una casa con una caña de
pescar que era lo único que alcanzó a coger. Mi cuñado se la tiró
pa que el hombre se agarrara de la punta e intentar jalarlo pa
fuera. Cuando el hombre consiguió trincar la punta de la caña
llegó una ola, muchacho, lo estampó contra los acantilados y se
desapareció el hombre. No se le vio más. Siete, siete se murieron.
Pobrecitos. Eso sí fue una tragedia aquí.

El otro barco que te digo que se encalló no fue tanta tragedia,
no fue una pena como el de los siete chicos estos. En aquel no
murió nadie. Era un barco que venía lleno de leña y de carbón,
no sé pa dónde iría ese barco, pa aquí seguro que no era.

Cuando nos enteramos que se había encallado y que venía
cargado fuimos todas pa la playa a agarrar lo que pudiésemos.
No sabíamos ni qué era lo que traía el barco, pero como te decía
antes éramos las más noveleras. Llenamos sacos de carbón y
montones de leña y nos fuimos corriendo pa casa. Eso no era
robar porque no era de nadie, estaba tirado en la playa, no seas
malcriado. Todas las de la calle nuestra tenían leña pal año entero.
Nos quedamos privaditas, pero hasta la mañana siguiente nada

más. A primera hora apareció la Guardia Civil tocando puerta por puerta a todos los vecinos. No dejaron ni astilla. Entraban y rebuscaban en toda la casa. No sé de quién sería el barco ese pero importante era. Porque mira tú, mandar a la Guardia casa por casa por cuatro trozos de madera.

34. LO VIEJO SE CUIDA CON CARIÑO

¿Ves estas mantas que estoy doblando? Sí, esas que ustedes siempre me dicen que bote a la basura porque son rejos viejos. Pues a ver si a mí también me van a botar al cubo de la basura. Sí, yo estoy más vieja que estas mantas. Pues mira, siéntate, que te voy a contar por qué les tengo tanto cariño. Estas me las regalaron los camareros del hotel de Tenbel cuando yo trabajaba ahí en la cocina. Siempre los ayudaba, pobrecitos mis niños, trabajaban como burros. Nosotras también, pero estábamos más acostumbradas que veníamos de trabajar el campo y eso sí era duro de verdad. Ellos eran chicos jóvenes que a lo mejor hasta era su primer trabajo, yo los veía como a hijos míos y a mí no me gustaría ver a mis chicos así. ¿Explotados? Eso son cosas nuevas de ahora, yo no sé qué es eso, pero sí, si quieres llamarlo así.

Siempre estaba lleno el hotel, ahí fue cuando empezó el turismo en Tenerife. Esa empresa tenía más de mil empleados, imagínate la de extranjeros que se quedaban ahí. Los camareros trabajaban que ni paraban pa comer. Con el bufé ese y los guiris que tienen unos horarios más raros pa comer. Me daban una pena los chicos. Eran muchachos jóvenes así como tú ahora, o capaz que menos. A veces yo le decía al jefe:

—Mire, hoy sobró un montón de comida del almuerzo. ¿Les separo un poco a los chicos que no han parado hoy en todo el día? —Y él saltaba:

—Ni se le ocurra. ¿No cobran ellos su buen sueldo ya? Que se la paguen si quieren. Aquí trabajamos todos y nadie se queja de hambre. Que coman cuando lleguen a la casa.

¡Ay, tolete! Él se pensaba que yo iba a hacer lo que él dijera. Cuando se iba pa la oficina preparaba un plato pa cada uno. Tampoco era mucho, dos papitas y un trozo de carne nada más. Los ponía en las sillas, no encima de la mesa y las jalaba pa dentro, así aquel no veía los platos y los chicos ya sabían dónde estaba. Cuando iban entrando a cocina pa dejar platos sucios y coger más yo les hacía unas señas y ellos ya sabían. Cogían el plato rápido y seguían trabajando. Esos me querían más, siempre me brindaban. Hasta querían repartir cuando les daban la propina, que eso se repartía solo entre los camareros y una parte pa las cocineras, pero pa las ayudantes de cocina como nosotras no, no nos correspondía. Yo no la cogía, yo te dije ya una vez que lo que no es mío yo no lo toco.

Oh, había que ayudarse, mi niño, los trabajos de la hostelería son duros. Imagínate si tienen años estas mantas. Por eso les tengo tanto cariño, no es porque sean bonitas, yo creo que las guardo porque me recuerdan a los chicos y a los años tan buenos que pasé ahí. Si ya tengo casi noventa años, ya lo sé. Pero yo no las boto, eso son recuerdos bonitos que tiene una, son recuerdos bonitos, sí señor. Y pa lo que quedó Tenbel. Si a mí ahora me llamaran, cállate, yo sé que estoy vieja y no puedo trabajar ya, pero digo, si a mí me llamaran aunque sea pa echar un mes pa levantar la empresa, yo lo hacía gratis. Por mi madre santísima, que yo iba y ayudaba a limpiar o cocinar.

35. POR UNA VACA

Mira que se ve en las noticias que se asesina a gente por ahí. Todos los días sale alguno que mata. Yo no sé si más o a lo mejor menos, qué sé yo, pero antes también se mataba. Será eso que tú dices, como no veía las noticias no me enteraba sino de lo que pasaba por aquí cerca, de lo que contaba la gente. En los tomateros un día echaron el cuento de uno que mató a otro por diez mil pesetas en La Gomera. Sí, una miseria ahora. Antes eso era dinero, bastante la verdad. Pero tanto como pa matar a un hombre no, por Dios. Ni por todo el dinero del mundo.

Un hombre, un campesino, vendió una vaca pa que su hija se casara, ¿sabes? La chica se había prometido con el novio, era la ilusión de ella y estaban preparando la boda. ¿Qué iba a decir el padre? ¿Que no? Intentó sacar algunas perras pa ayudar a la chiquilla. Antes no era como ahora que tenías dinero guardado pa gastar en cosas de esas. Pues al viejo se le ocurrió vender una de las vacas a otro campesino del pueblo. En el bar mismo llegaron al acuerdo, seguro con copas de más y con ideas de menos. Llegaron a eso por la vaca, diez mil pesetas. En el bar cuando los dos hombres llegaron al acuerdo, brindaron, se abrazaron y cantaron, había más gente acechando, bueno, la gente estaba tomando pero uno de ellos sí estaba acechando todo. Ese se dedicaba a robar y desde que escuchó que el viejo se iba a llevar diez mil pesetas en el bolsillo se puso como una fiera con los dientes largos.

Los dos hombres estaban de celebración. Uno de ellos porque su hija se iba a casar y le iba a poder dar el dinero y el otro porque tenía una vaca nueva. El ladrón se quedó hasta el final de la noche. Hasta que no salió aquel con el dinero no se fue. Lo esperó y lo persiguió hasta la casa. El campesino era un hombre mayor, con darle dos trastazos tenía, pero qué va, le mandó cuatro puñaladas por atrás por las costillas, lo dejó tieso allí y se llevó el dinero.

A los años de haber contado la historia del asesino ese estaba yo trabajando con un grupo de gomeras tendidas al turrero en los tomateros, hablando y hablando boberías y en un momento se hizo el silencio. No hablaba nadie. Yo miré pa la puerta y vi un hombre ahí parado. Nunca lo había visto por el pueblo y le dije:

—¿Lo ayudo, paisano? ¿A quién busca?

—Estoy buscando al encargado. Acabo de llegar hoy mismo al pueblo y quería ver si me dan trabajo aquí.

Todas las gomeras se pusieron como locas, nerviosas. Le pregunté a una que qué tenían, que por qué se ponían de esa manera. Y bajito, casi al susurro me dice:

—¡Ay, mi madre! El mismo diablo, ya soltaron al loco ese de la cárcel. Ese es el que mató al hombre por una vaca en La Gomera hace unos años. Yo había escuchado que lo habían cogido y lo habían mandado pa la cárcel de aquí de Tenerife, pensé que se iba a pudrir allí, pero mira, no duró nada.

El encargado, que no sabía quién era, ni tenía por qué saberlo, se puso a preguntarle lo que le preguntaba a todos los que llegaban pidiendo trabajo:

—¿De dónde es usted? ¿Ya ha trabajado en el campo?

—Yo soy gomero pero llevo un tiempo fuera por razones de dinero. Sí, siempre me dediqué al campo desde chiquito hasta que encontré el otro negocio que me daba más perras. Ya lo dejé, no me salió muy bien al final. Quiero volver al campo, a la vida de antes.

Y era verdad, muchacho, yo estaba agachada recogiendo y miré pa arriba encandilada por el solajero y lo vi, esos ojos no eran de persona, hasta miedo me dio. Una cara de ruin que tenía ese. Y como hablando de lo que había hecho, el encargado no entendía, pero una que sabía la historia sí, y con la sonrisita de lado el muy bandido. Mira tú, matar a una persona por diez mil pesetas, por una vaca.

36. GRIFIENTOS

¿Tú te crees que yo no sé lo que es eso, pollaboba? A mí no me engañas, que yo soy vieja pero no tonta. Eso es grifa de esa. La droga esa que fuman todos los locos por ahí en la plaza. Yo por los olores sé qué es, por las hojas no porque ya no veo bien de cerca, antes sí me fijaba, pero que a mí no me engañan. ¿Que cómo sé yo qué es eso? ¿No te hice yo ese cuento ya de uno que me la puso arriba en la azotea?

Uno que vivía aquí en el edificio nuestro, en el piso de arriba donde viven ustedes ahora. Las plantaba en la azotea a la escondida, y ahí yo no sabía qué era, subía a tender la ropa y yo me veía un montón de plantas. La planta la verdad que es bonita, pero ese olor, quítame pa allá. Un día que hicimos un tenderete arriba, sería el cumpleaños de alguna de tus primas y un amigo de tu tío me dijo:

—Mira tú por dónde quién es la que vende la droga en el pueblo ahora. Y parecía calladita la señora. Fuertes matorrales plantaste, mi niña.

—¿Qué dices de droga? Estate callado, qué coño droga voy a tener yo aquí en mi casa. ¿De dónde estás sacando tú eso ahora?

—Muchacha, pues las plantas esas que tienes ahí en las macetas son de marihuana. Con lo que los chicos se fuman los porros. No es una droga mala tampoco. Yo a veces también fumo cuando estamos en algún tenderete. Lo que no me esperaba era encontrarme semejantes matas hoy aquí en tu casa.

Casi me muero de la vergüenza que me dio. Yo ya sabía de quién era, pero no le dije nada en el momento pa no fastidiar el cumpleaños. Cuando se fue todo el mundo bajé pa casa, cogí una botella de lejía, un cubo de agua caliente y se la maté, claro que se la maté. A mí no me van a estar metiendo mierda en mi casa, que luego se entera la policía y nos llevan a todos presos, se monta todo el circo en la calle con nosotros esposados. Yo pa la cárcel no quiero ir. Si vuelvo algún día pal Norte es pa ir pa mi pueblo, pero la cárcel esa sí es verdad que yo no la piso.

Se enfadó el hombre, encima, vino a pedirme explicaciones a mí. Y le dije que sí, que fui yo pa que no fuera a dar con mis chicos. Le dije que ni se le ocurriera volver a plantar eso en mi casa. Ya decía yo, que por las noches se juntaban las pandillas hasta las tantas de la madrugada y las risas y las risas. Era de eso. Grifientos del carajo.

Otro día también la vimos. Cuando salíamos a caminar Lala, Concha y yo, cuando podíamos caminar todavía bien las tres. Íbamos por detrás de todos los hoteles, por donde está el instituto en el que estudiaron ustedes. En la vereda del camino vi unas plantas de esas y se lo dije. Eso es droga. Y ellas dos, tú qué sabes de eso, droga ni droga, ni que tú hubieses visto nunca droga. Pues las ajeité, les conté la historia de la azotea con el hombre aquel. Me ayudaron a arrancarlas. Las dejamos hechas pedazos. Mira muchacho, las carreras nuestras y las risas, parecíamos niñas chicas, claro, si nos ve el grifiento que las había plantado nos tira hasta piedras seguro. Esos se ponen locos si les quitas las drogas. Pero mira que nos reímos después.

A mí no me estés poniendo mierda de esa aquí, ¡eh! Ya te lo estoy diciendo.

37. CORRER SIN PIERNAS

Siempre hay que dar, aunque sea un fisquito nada más, lo que se pueda. ¿A ti no te da pena ver a esa gente pidiendo en la calle? Si piden es porque tienen hambre, a mí no me digan que no. Nadie pide por gusto, no se va a hacer rico ni va a vivir de eso, de cuatro monedas que le den. Ya, yo sé que a todos no se puede, pero si tú das algo dalo con voluntad no esperando que Dios te devuelva nada, eso ya te lo tengo dicho. Hazlo por ayudar, lo que te tiene que venir a ti te va a venir, nadie te va a compensar pero tú ayuda. Si la persona luego te engaña y se lo gasta en otra cosa es problema suyo. En mi casa siempre fue así y quiero que así siga siendo.

Yo creo que eso va en la familia, en la sangre, porque mi madre era igual. Y mi madre salió a mi abuela que era más todavía. Si tenía un pan, se comía medio nada más pa dárselo a alguien que estaba pidiendo. Mi tío siempre decía que esa no regalaba las bragas porque las llevaba puestas. Igual que me decía a mí, que nunca me tocaba nada en la lotería porque antes de que me tocase ya estaba repartiendo el dinero. Hay veces que te engañan, claro, como todo en la vida, niño. Algunos te dicen que es pa comer o pa sus hijos y luego lo gastan en la bebida o en las drogas. Pero qué vas a hacer, si a ti te nace se lo das. Y punto.

Una vez que tenía que ir yo al hospital a hacerme unas pruebas y había uno sin piernas pidiendo por fuera y yo le fui a dar dinero, pero menudencias, mira tú, cuatro perras que tenía sueltas en la cartera. Pues Fina que iba conmigo, o fue Lala, no me acuerdo bien quién fue la que me acompañó esa vez, me decía:

—Ni se te ocurra. ¿Tú no lo ves? Estate quieta, muchacha, ese camina más que tú y que yo. Mira la cara de zorro. Si creo que le acabo de ver mover las piernas. No le des nada. Vámonos.

—¿Cómo va a caminar si no tiene piernas? ¿Tú eres boba? No ves que al chico le faltan las dos patas. Pobrecito. Claro que lo ayudo. ¿De qué va a trabajar ese hombre así? A lo mejor tendrá una paga o a lo mejor no. Estas menudencias le doy y ya está.

Pues en lo que nosotras alegábamos, que si tenía o no tenía pa comer, que si tenía piernas o no, pasó la policía por delante, y mira muchacho, si tú ves a aquel hombre correr. Casi me meo encima de la risa. Bueno, casi no, que me meé. ¿Cómo coño se escondía ese las piernas así? Se las ponía como pa atrás todo escarranchado y una manta por encima. Pues no parecía, ni se le notaban. Lo hacía bien el jodido. Mira que tiene ideas la gente por ahí. Se veía que ya la policía lo conocía de que se ponía a pedir pa engañar a la gente. A mí no le dio tiempo de engañarme, menos mal que mi hermana era desconfiada pa eso.

Pero tampoco vas a dejar de darle a los que lo necesitan por uno que te engañe. Tú hazme caso a mí, cuando tú lo sientas, ayuda, y si te engaña pues te acuerdas del cojo este que te conté, te ríes un rato y se te va el enfado.

38. MUÑECAS DE PIEDRA

¿Te acuerdas de la amiga mía con la que iba a vender al estraperlo cuando niñas? Sí, con la que iba a la cárcel también, esa, la sobrina de Manuel el que robaba. No, no lo llames ladrón que el chico era bueno, lo único fue la salvaje aquella que lo echó a perder. Pues la chica esa era mi mejor amiga, íbamos juntas pa todos lados. Todos los días me venía a buscar a casa. Fíjate tú que hace ya casi ochenta años que dejé el pueblo y todavía la tengo en el recuerdo.

Estábamos jugando un día a las casitas por debajo de mi casa. Hacíamos de madres, eso era a lo que se jugaba antes. ¿Tú sabes de qué eran las muñecas? Piedras. No, muñecas de piedra no, una piedra que cogíamos y decíamos que era un bebé. Piedras del tamaño de un bebé, claro, y las arrullábamos, les cantábamos, las bañábamos. Oh, ¿y qué quieres? Muñecas no había. Después sí, después ya sí había algunas de trapo y juguetes con pencas, pero de niñas chiquititas jugábamos con las piedras.

Una de las veces ella hacía de madre que había parido y yo era la partera que le llevaba el bebé. Le dije que se acostara como que estaba en la cama recién parida, y le fui a llevar al niño: «Aquí tiene a su bebé señora, tome». Mira muchacho, se me cayó la piedra de las manos y le alcanzó a la chica en toda la nariz. Los chorros de sangre por la cara. Lo guapita que era la pobre. Menos mal que después no se le quedaron marcas en la cara ni nada. Yo del miedo salí corriendo y me escondí en el barranco. Ni me quedé a ayudarla por miedo a que se enterara mi padre. Al rato escuchaba los gritos de mi madre llamando por mí:

—Mucho no tarda, déjala. Cuando le dé hambre, viene. ¡Ven ya, mi niña! Yo no te voy a hacer nada. Pero deja que se entere tu padre...

Ya casi oscureciendo fui pa mi casa. Fuerte mano de cintarazos me dio mi padre. Normal, casi le desgracio la carita a la pobre niña. Pues hace unos años que fui pal Norte. Le dije a tu prima que parara en La Montaña. Dimos un paseo por todo el pueblo, yo preguntando a la gente por mis vecinos de antes pero mira tú, ya la mayoría se habrán muerto, la gente ni sabe quién soy. Mira que ha cambiado todo, pero la casita donde vivíamos nosotras sigue en pie, lo que pasa que ahora es de tres plantas. Ya que estábamos ahí y tu prima no tenía prisa, le dije de ir a tocar en la casa de mi amiga. ¿Cómo no me voy a acordar dónde vivía? Yo no iba con intención de verla sino de preguntar si seguía viva. No sabía nada de ella desde que me había ido pal Sur ochenta años atrás. Nada más abrir la puerta me reconoció, y mira que estoy vieja arrugada ya. Se puso a llorar como una niña, como cuando éramos niñas y le partí la cara con el bebé de piedra. Bebimos café y bien agradecida que estaba por la visita. Decía que nunca jamás se hubiese ella imaginado volver a verme. Las amigas de verdad son amigas pa toda la vida, pero esa sí fue la última vez creo yo.

39. NIÑAS GRANDES O VIEJAS CHICAS

Antes el que quería un trabajo lo tenía. El que no trabajaba era porque era un gandul, eso es verdad. Se buscaba gente hasta debajo de las piedras pa trabajar la tierra. Cualquiera iba a pedir y ese mismo día te daban una azada y a empezar. Si había hasta niños. Niños y niñas chiquitas que era pa estar en la escuela a esa edad. Pero había muchas bocas en las casas, la gente ponía a los chiquillos a cargar también. Antes ni se miraba eso de inspectores ni nada de eso, eran como uno más. Si los padres veían que no ponía atención en los estudios lo mandaban rápido a trabajar. O ellos mismos, los niños no son bobos, si veían que en la casa había falta se echaban a ayudar a los padres con la comida, eso fue lo que nos pasó a nosotras.

Cuando llegamos nosotras al Sur ya éramos granditas, no éramos mujeres pero ya estábamos pa trabajar, bueno, ya veníamos trabajadas de hacía años. Yo creo que trece o catorce años por ahí tendríamos. A esa edad ya veníamos aburridas de limpiar casas de ricos. No nos íbamos a poner a estudiar. Nos pusimos a trabajar en los tomates, ahí mismo vivíamos y ahí mismo trabajamos en el empaquetado. Salones grandes donde hacíamos la vida completa. Dormir, comer, trabajar, enamorar, todo. Todo lo que haces tú en la isla lo hacíamos nosotras dentro de la finca.

Estábamos cargando unas piedras que había que llevar a un camión pa una obra que estaban haciendo abajo en el pueblo. Yo vi de lejos venir a dos mujeres chiquitas, pero chiquitas como niñas. Cuanto más se iban acercando más raras las veía. Las ropas le quedaban grandes y los sombreros eran de hombre. Ya cuando las tenía casi de frente me di cuenta:

—Yo no me lo puedo creer. Esa es mi hermana la más chica.

—¿Cómo va a ser eso? Si la más chica tiene ocho años, ¿no? Más no tiene.

—¿Me vas a decir tú quién es mi hermana? Mira los andares. Sí, es ella. La madre que la parió. ¿Qué hace esa aquí y vestida así?

Las ropas viejas que se habían puesto y los sombreros las hacían más granditas. Pero qué va, se veía que eran dos menudas. Escondidas, como disfrazadas, ¿sabes? Yo no dije nada, si ella quería trabajar como habíamos hecho todas desde niñas, allá ella. Los encargados yo no sé si se hacían los bobos o no se dieron cuenta, pero las pusieron a repartir la fibra pa amarrar los tomates y aguantar la jarra de agua. Y nosotras las risas. Yo creo que ellos también sabían quiénes eran. Pero mira tú, cuatro manos más pa trabajar siempre venían bien.

A las niñas las ponían o a coger algodón o con la fibra y el agua. ¿No ves que tenían las manos chiquitas y así no se cortaban tanto? Podían meter las manos entre los picos y no se hacían sangre. Así no manchaban el algodón. Los hombres y las mujeres más grandes sí nos cortábamos todas. Por eso nunca nos ponían con eso. Y a las que ponían con el agua no era por gusto. No te podías mover del puesto, tú no podías pararte ni pa beber agua, eso de ir al baño a beber o al cuarto a buscar agua no era así, si tenías sed te esperabas que ellos pasaban a ratitos a darte un vaso.

No eran trabajos finos, pero bueno, trabajo había.

4O. BYE, BYE, ISLANDA

¿Qué mi niño, cómo te fue por Islanda? ¿Tu abuela está bien? La pobre, ya no viene pa Tenerife ya. Esa yo no creo que vuelva más pa la isla. Ella es más vieja que yo todavía. Yo creo también que no viene porque extrañará venir sola sin tu abuelo en padescanse. Acostumbrada a venir siempre los dos a ver los nietos, pobrecita, mira que era buen hombre también él.

¿Yo? Yo no voy más. Fui una vez pa la boda de tu tío hace ya casi cuarenta años y ya no voy más. Qué va, eso a mí no me gusta. Y ahí nadie habla con uno. Bonito sí es, todos esos prados verdes, las flores y las plantas. Eso sí me gustó, los paisajes y la música que tocaban también. Pero a mí ese país no me gusta, yo lo siento. Tu abuelo y yo nos pasábamos el día caminando por toda la ciudad porque nadie nos entendía. Claro, nosotros gente sencilla de aquí del campo y nos sueltan en un país que no conocemos, que no entendíamos ni un carajo y encima en una ciudad tan grande. Estaba todo el mundo ocupado con cosas de la boda y de un lado pa otro: ¿*Yu pi tinglis*? Yo no *pitinglis*, yo Tenerife, Canarias, *yes, yes.*

Menos mal que encontramos un puesto de pollos asados en la calle y eso fue lo que comimos casi todos los días que estuvimos allá. Yo no iba a entrar en un restaurante, ¿estás loco? Si no entendía

135

a tus abuelos que eran ya de la familia voy a entender a un camarero. Cerca del parque ese tan bonito que está al lado de la casa fue donde vi los pollos asados. Solo tenía que señalar el pollo y le daba las perras y ya está. Ese sitio sí nos gustó. No nos volvían la cabeza loca. Nos sentábamos en un banco en el parque ese cerca de casa de tus abuelos y comíamos ahí, aburridos como bobos. Estuvimos a punto de volvernos pa Tenerife pero al final nos convencieron. Era feo no ir a la boda, eso es verdad, por eso me aguanté.

A los días de llegar fuimos a caminar por el centro de la ciudad. Ni más tiendas elegantes había, muchacho, más que en Santa Cruz. Pasamos por un escaparate de zapatos y yo vi unos preciosos. Me quería comprar eso pa llevarlos el día de la boda. Qué va, no había manera, el hombre ese de la tienda no me entendía. Yo le ponía empeño, hablar no hablaba, pero le señalaba los zapatos y las perras y el hombre qué va. Yo creo que se hacía medio el bobo, claro como yo no *pitinglis*. Me preguntaba más cosas y más cosas y yo ya me puse nerviosa y me fui. Al día siguiente ya fui con tu abuelo, no el de aquí no, el de allá, y ellos se entendieron porque el hombre me despachó los zapatos en un momento. Qué bonitos eran. Están ahí dentro en el armario, después te los enseño.

Si hasta pa ir al baño a veces me daba vergüenza. A mí no me gusta ir a casa ajena. Hasta a las casas de mis hijos me da vergüenza ir. A casa de tus abuelos fui porque era la boda de mi hijo y eso es una vez en la vida, si no es por eso, no voy ni aunque me paguen. En el mismo parque ese donde nos comíamos los pollos asados me metía detrás de las matas y meaba ahí. Un día que no me aguantaba y me metí por unas zarzas y me piqué toda. Más ruines esas plantas. Claro, ¿y qué hago? Vete a saber, a lo mejor no me iban a entender lo que era mear y me dejaban mear en mitad del pasillo.

Bonito sí, ya te dije, muy bonito y grande. Sus campos de papas que se te perdían los ojos a los lejos. Y qué buenas son las papas de allá. Pero yo no vuelvo, *bye bye*, finito Islanda. Tú cuando vuelvas le dices a tu abuela y tus tías que yo les mando saludos, y si quieren venir pa Tenerife que vengan cuando quieran, que las puertas de esta casa siempre están abiertas pa todas ellas. Y potaje, tú diles potaje pa que veas, bien les gusta a esas mujeres, ¡mira que comen potaje las extranjeras!

41. NO ERA TAN MALO

Tu bisabuelo, mi padre no, el otro, malo no era, pero sí atravesado. Era un hombre duro del campo y con mala leche, pero yo sé que en el fondo malo no era. Bueno, tu padre y tú también tienen su genio, no me vayas a decir que no. No tanto como el viejo pero quítamelos delante a los dos cuando se emperran. Fuerte rabia me da cuando se ponen a alegar así, parecen la viva imagen del viejo, te lo juro.

Íbamos a ayudarlo a una finca que tenían él y mi suegra arriba en El Salto, la que te dije que compró mi cuñado que se fue pa Venezuela. Eso sí era una finca bien cuidada. Terminábamos de recoger las papas y había que echar el guano pa la tierra. Nada más coger las papas de esa cosecha se echaba eso pa la siguiente. Tampoco hacía falta que fuese en el momento, mientras no lo dejases pasar muchos días. Ese día fuimos todos porque había salido una cosecha buena. Cuando acabamos la recogida nos sentamos ahí a hablar, a tomarnos un cafecito o vaso de vino. El viejo quería hacerlo al momento. Ni café ni nada:

—Cuando se acabe el trabajo, beben, comen o se mandan a mudar si les da la gana, pero primero, acaben lo que vinieron a hacer.

Nosotros le decíamos que no, que primero descansábamos y luego lo echábamos. El viejo seguía empeñado. Pues se quedó callado un rato, no se le oía. Parecía que se había amulado y había entrado en vereda, que se había ido a acostar o qué sé yo. ¿Que no se le oía? Nos empezó a caer el polvo encima de las cabezas, muchacho. «Si no quieren hacerlo no lo hagan, yo lo hago, pero se me levantan de la huerta». Nos tuvimos que ir de allí.

¿Y cuando fue a ver a los hermanos de tu abuelo, a sus hijos, que se habían ido a vivir a Venezuela? Era la primera vez que se iba a montar en un avión. Él solo había cogido el barco pa venir de La Gomera pa aquí. Pues llegó al aeropuerto y se fue a meter en el avión con el cuchillo colgando del cinturón. Él siempre iba así pa todos lados, con su cuchillo colgando del cinto, aunque ya hubiese acabado el trabajo en la huerta el cuchillo iba con él si bajaba pal pueblo. Dormía con él al lado de la cama o debajo de la almohada. No sé pa qué si él no tenía nada con nadie, ni tenía nada que le pudieran robar. Le dijeron que con eso no se podía montar en el avión y él decía: «¿Y qué coño hago yo sin mi cuchillo? ¿Por qué me va a quitar usted esto a mí? ¿Qué voy a hacer yo en Venezuela sin mi cuchillo?». Allí la formó un rato en el aeropuerto. Pero ves tú, al final se bajaba del burro, al final se lo quitaron y se fue pa allá. Se lo guardamos nosotros aquí en casa hasta que volvió.

Otra vez que vino tu abuelo de Islandia a quedarse aquí en casa, fue a acompañar a tu abuelo a la finca a ver al viejo. También iba con ellos el primo Julio, que fue el que me contó todo porque tu abuelo qué va, tu abuelo las cosas así no me las contaba. Dice el primo Julio que empezaron a alegar a son de una barrica de vino que el viejo le había cobrado al nieto pa un cumpleaños. Y cada vez se levantaban más la voz, que parecían dos becerros. Pues a una de esas el viejo sacó el cuchillo y se fue pa tu abuelo. Que sí, ¿tú eres bobo? Pa su propio hijo. Julio dice que tu abuelo, el de Islandia, le dijo: Julio, a casa plis. Si no es por el primo ni nos enteramos que casi se descueran ahí arriba.

Y pregúntales a tu madre y a tu tía al llegar ellas de Islanda. ¿Cómo es? Ah, Irlanda, eso, pues de Irlanda. Cuando iban a entrar a la bodega les preguntaba si tenían la regla, que si tenían eso no entraban que se le esconchaba el vino. Que él no se pegaba el año entero atendiendo sus viñas pa que se las jodieran en un momento. Cosas de esas, él era así, pero que no era malo, solo que era atravesado.

42. CUANDO VOLVÍ DE CUBA

El rancho de cubanos que llegó al pueblo, muchacho. Más de mil cubanos hay, eso te lo digo yo a ti. Pero es normal, yo estoy segura de que casi todos ellos tienen abuelos o bisabuelos de aquí. Antes los canarios se marchaban a Cuba. Decían que en ese entonces era un país rico. Por eso se iban pa allá, porque aquí no había sino miseria y se iban a probar suerte. Yo también tengo familia en Cuba. ¿No se fue un hermano de mi padre? Claro, niño, él se murió ya hace años, pero dejó un montón de familia, primas tengo que tener a puñados allá.

Ya cuando mi tío Serafín llevaba unos años viviendo en Cuba, con su vida hecha, su familia y su trabajo, mi padre y mi hermano lo trajeron pa aquí pa que visitara a la familia. Desde que se había marchado nunca había vuelto pa Tenerife. El hombre volvió privado. Todo era: «Chica, qué bonito esto, qué cambiado. Chica, ni más comida, esta es mi tierrita, esta es mi islita». Nos contó las penurias que estaban pasando allá. Se habían cambiado las cosas. Aquí estábamos entonces un poquito mejor y en Cuba empezó a faltar más, eso nos contaba él.

Todos los días pasaba por casa y por la de mis hermanas. Todos los días visitaba a sus sobrinas y le dábamos de comer. «Ay, cómo echaba yo de menos esta comida, carajo. Hoy yo he

143

comido mejor que Fidel Castro, de pinga». Claro, las cosas habían cambiado un montón desde que él se había ido. Ellos tenían trabajo, pero sin lujos ni ropas buenas. Gente humilde como nosotros pero allá la cosa era distinta. No pasaban hambre, él lo decía que su comidita no les faltaba, pero no se compraban todo lo que querían. Volvió y vio que todas nosotras nos habíamos hecho nuestras casas y estábamos sacando a la familia adelante en nuestra tierra. Le habrá dado pena al hombre pensar que si se hubiese quedado un poco más también podría haber hecho él lo mismo que hizo allá pero aquí en su casa.

El día que le tocaba volverse pa Cuba fue tanta la ropa que le dimos pa que llevara que no le cabía en las dos maletas que había traído. No le cabía de verdad. Dejamos ropa por fuera y le dijimos que se la mandábamos otro día con alguien que fuese pa allá a ver a algún familiar. Qué va, el viejo no se iba sin todo lo que le habían dado. Llevaba cuatro chaquetas puestas y tres pantalones, no podía ni caminar, iba estrecho con tanta ropa el pobre, las risas nuestras eran chicas. Se puso tres sombreros, tres de verdad, te digo. Llevaba todo eso pa repartir allá. Según se iba poniendo nos iba diciendo:

—Esta chaqueta tan elegante es pa mi William, el hijo mío que trabaja en el banco. Se va a ver de pinga con esto, el chico. Este sombrero es pa un compadre mío, Bernardo, que yo lo quiero mucho y siempre va de guapo, ya lo estoy viendo con él puesto.

Y así nos fue diciendo pa quién era cada cosa. Parecía que ya tenía todo porque no le entraba ni un anillo en el dedo, pero antes de salir me dijo:

—Tantas cosas que me dieron que hasta vergüenza me provoca pedir más, pero ¿sabes una cosa que sí me gustaría llevar, sobrina? Una cosa que se pone en las puertas de las casas que hace un ruido curioso, así como «tin tin tin».

Tuve que ir a la ferretería a comprarle un timbre. Mira tú, a mí no se me daba nada, es mi tío. Por muy lejos que se hayan ido a Cuba y a Venezuela son familia, son mi sangre. Podría haber sido cualquiera de nosotras la que hubiese estado cargando maletas de ropa pa otro país.

43. DIOS SÍ, PERO LOS CURAS NO

A mí los curas no me gustan mucho. Hay algunos que son amables, cuando vas a la misa del día de los muertos o al aniversario de alguien hacen buenas misas. Como aquel que te conté, ¿te acuerdas? El greñudo, ese sí era buen hombre. Pero yo ya no creo en los curas. Desde aquello que me pasó cuando me fui a casar, yo no vuelvo a confesarme con un cura, ni por cuánto, ni aunque me esté muriendo, me voy pa allá pal otro lado con los pecados que tengo. En Dios sí creo, claro, eso siempre. Yo le rezo todas las noches antes de dormir, pero a los curas quítamelos de delante. Normal que ya la gente ni crea ni nada, ni vayan a las misas.

Mira, aunque me muera de vergüenza te lo voy a contar, pa que veas que no lo digo por decir, pa que veas por qué no creo en ellos. Yo me casé con tu abuelo en la iglesia del Valle, aquí todavía no habían hecho la iglesia esta la de San Casiano. No teníamos coche, había que ir caminando de aquí hasta el Valle San Lorenzo. Sí, es un pedazo, ya lo sé, pero otra no había, mi niño. Unos días antes de la boda fuimos hasta arriba pa confesarnos y pa hablar con el cura. Fuimos tu abuelo, mi cuñado y yo. Era uno del Norte, de La Perdoma creo que era. Yo hasta ese día no lo había visto, no lo conocía de nada, un cura más, uno cualquiera.

Primero entré yo a confesar. Yo pensé que era confesar como cuando ibas a hacer la comunión o cuando ibas al cura del pueblo. Si tú supieras todo lo que ese hombre me preguntó a mí, jediondo mierda ese. Mira tú si era una niña. Yo estaba de novia hacía dos años por lo menos, bueno, hablando con tu abuelo pero con respeto. Me dijo cosas que yo ni sabía que existían, que yo ni había hecho. Me da hasta vergüenza decirte las cosas que me dijo, yo no las cuento. Me dijo:

—¿Usted ha hecho el amor con su novio?

Y yo le decía:

—Qué amor ni qué amor, ¿qué carajo es eso? Yo vengo a casarme porque quiero hacer una familia con ese hombre. Nosotros somos cristianos. No sé qué tanta vuelta le está dando usted. Preguntándome cosas que yo ni sabía que existían, cosas que ni sabía que se hacían.

¿Sabes lo que me dijo el sinvergüenza? Que yo no le estaba entregando mi fe a Dios. Eso me puso mala. Le dije yo, mire, aquí el único que no le entrega la fe a Dios es usted. Que no tiene vergüenza ninguna. Me puse en la puerta de la iglesia y se lo conté a tu abuelo, el machango no hacía sino reírse. A mí no me hacía gracia ninguna. Después pa joderlo cuando vino a hablar conmigo yo le decía a todo que sí, no sabía ni qué era que estaba diciendo pero yo le decía que sí. Que todo lo que él decía sí. Asqueroso mierda.

Cuando entró tu abuelo a confesar se lo conté a mi cuñado. Cabreada como una diabla. Le dije:

—Cuñado, marchémonos pa abajo pal pueblo que ese a mí no me va a casar. Con todo lo que le dije ese no me casa a mí, vámonos.

—Si el pollaboba ese no te casa vamos ahora a hablar con el obispo. Vamos mañana misma pa Santa Cruz a hablar con el obispo si hace falta.

Yo no quería, yo le decía a tu abuelo que si teníamos que esperar o irnos a otro pueblo nos íbamos, pero que yo con el jediondo ese no quería verme más. Al final me casó. Me estoy acordando de la boda y me estoy explotando de la risa. Cuando estábamos delante de él en la misa pa que nos casara yo me ponía:

—¡Ay, cacho cabrón! ¡Ay, cochino mierda! Viejo jediondo. Dios, lo siento, pero que se lo lleve el diablo.

Yo lo decía pa mí, pa dentro. ¿Estás loco? En alto no lo decía. Pero según lo decía dentro, me salía la risa. Y más se enfadaba el cura. A los años alguien me dijo que lo habían echado de ahí pal carajo, y por eso mismo, por jediondo. Que les hacía eso a más mujeres, preguntaba cosas que hacían con sus maridos en casa. Habrá curas buenos pero hay otros que agüita, mi niño.

44. EL MIEDO DE LOS POZOS

Decían que había miedo en Los Pozos. Ahí detrás del pabellón donde juegan a la pelota. Cerca del salón donde vivíamos nosotras cuando llegamos. Todavía el pueblo no existía como ahora, solo había cuatro o cinco casas de los barqueros, de los abuelos y bisabuelos de tus amigos a la orilla del mar. Todo lo demás era volcán, picón de ese como el que hay detrás de las escuelas. Tabaibas, verodes y cardones por todos lados.

Lo que sí estaba ya era la ventita en Las Galletas. Estaba cerca de la playa. Era de la bisabuela de un amigo tuyo. Sí, que yo te he visto con él en el bar. Yo a veces, cuando me faltaba algo y me daba cuenta ya anocheciendo bajaba caminando a comprar. No era una venta grande pero tenía las cosas más importantes. Si se hacía de noche completa iba a casa de mis padres. Ellos vivían ahí atrás en La Punta del Viento, en una de esas casas que te decía yo pegaditas a la mar. Me ponía ahí a hablar boberías adrede pa que se fuera el tiempo, pa que se hiciera más de noche y tu abuelo bajara a buscarme. No era por hacerlo rabiar ni nada eso, era por volver pa casa acompañada. Era tanto lo que había escuchado yo de cosas que pasaban en el camino de Los Pozos. Me daba un miedo, muchacho, decían que había fantasmas que caminaban por las plataneras de noche, que eran todos blancos como la espuma, que caminaban despacito y eran altos pa arriba como palmeras. La gente no pasaba por ahí de noche. Decían que no se dejaban ver casi nunca, pero si te los encontrabas se quedaban parados, o abanaban las hojas de las palmeras pa asustarte. Salías huyendo como volador.

Yo una noche vi uno. Cogimos un ajuste entre dos gomeras y yo al acabar el día de trabajo. Era un montón pero se pagaba bien. Sabíamos que íbamos a terminar tarde, pero era bien de perras. Pues acabamos de noche, bien de noche ya todo oscuro. Pa ir caminando del pedazo ese hasta el salón había que rodear las plataneras, no era mucho, pero era el camino del miedo. Íbamos las tres hablando de eso, del miedo. Diciendo que eso eran boberías que decía la gente nada más que pa asustar y pa reírse. Cuando en un momento miramos pa un lado y lo vimos caminando. Era lento. Vio que lo estábamos mirando y se paró. Virado pa nosotras y quieto como una vela. Salimos corriendo como conejas por las plataneras hasta llegar a casa. Tu abuelo no me creía. Hasta que al día siguiente las dos mujeres le contaron también y me dieron la razón, ellas también estaban muertas de miedo. Yo creo que hasta tu abuelo esa vez cogió miedo.

Pues con el tiempo se fue el miedo. Dejó de verse a los fantasmas ahí por las noches, ¿sabes? Eso eran boberías, muchacho. Ahí no había fantasmas ni espíritus, ni la madre que los parió. ¿Sabes qué diablos era? Las solteras enamorando. Te lo juro por mi padre, Dios lo tenga en la gloria. Se ponían unas sábanas blancas por encima y un palo por dentro pa parecer altas como palmas. Iban por las noches a ver a los novios a las plataneras a la escondida. Hablaban pa juntarse de madrugada pa saber qué. Claro, pensando que es el miedo quién se va a acercar. Ellas eran las que siempre estaban echando los cuentos de que había miedo pa que nadie pasase por Los Pozos de noche. Al final las trancaron. Dieron con una que vive aquí atrás, decían que ella era uno de los fantasmas, decían, pero no te voy a decir quién es.

45. LAS QUE TRABAJAN EN LOS HOTELES SON PUTAS

Cuando llegó el hotel sí me acuerdo yo. Empezó de a poquito, al principio eran solo cuatro o cinco extranjeros los que venían pa aquí pal Sur. Había dos cuartitos, uno pa hacer la comida y otro donde se quedaban los turistas. Y de a poquito empezaron a hacer todo eso. Tu abuelo sí empezó de albañil al principio. De los primeros que contrataron ahí con Antonio. Después a unas cuantas de nosotras nos ofrecieron un contrato pa raspar la pintura del suelo, pa limpiar y dejarlo todo bien bonito. Les dijimos que sí. Era limpiar nada más que un par de horas lo que iban dejando sucio los pintores. Empezamos ahí pero no dejamos los tomates, ¿estás loco? ¿Y qué sabíamos nosotras que eso iba a traer tanta, tanta gente? Echaba la mañana en el campo y a la tarde después me iba pal hotel ese a limpiar los restos de pintura.

Después, cuando ya fueron haciendo más apartamentos, ya buscaban cocineras y ayudantes, limpiadoras y camareros. Como ya nos conocían de limpiar pues nos ofrecieron ese trabajo de ayudante de cocinero. Picando, pelando, lavando, todo eso. Llegaron un chorro de peninsulares pa trabajar de camareros. Esos estaban ya acostumbrados y preparados pa eso, los de aquí éramos todos del campo. Aquí camareros poquitos, los que había en los bares pequeños que estaban detrás de una barra, pero no de hoteles así como ahora. Eso no se llevaba. Y ahora es lo único de lo que hay trabajo. Mucha gente del campo se cambió pero al principió les costó. Esos de la península llegaron porque los dueños pagaban bien y la vida era barata aquí. Bueno, como ahora más o menos pero sin la vida barata.

Nosotras ahí éramos chicas nuevas todavía, llevábamos años en el campo pero éramos jóvenes. Nos empezamos a ir poquito a poco pal hotel, viendo que era trabajo más liviano y que se cobraba más, no mira a ver, las bobas. Las viejas decían que las que iban a trabajar al hotel se hacían putas, que eso era trabajo de putas. Que ahí los maridos no sabían lo que hacían sus mujeres, todo el día con peninsulares y extranjeros. A mí se me dio igual, yo iba, y mis hermanas también. En el campo estuvimos desde los catorce sin cotizar ni un día. Ahí desde el primer día nos hicieron un contrato y se portaron bien, la verdad. Al final acabaron todas trabajando ahí. Hasta las que decían que eso era trabajo de putas. Esas también acabaron limpiando ahí de camareras de piso y nosotras nos poníamos:

—Yo pensaba que en el pueblo no había sino cuatro o cinco putas pero mira, al final éramos todas putas. —Era nada más que por hacer rabiar a las viejas.

Después se fue todo al carajo, mira cómo está todo abandonado. ¿Dónde están todos esos extranjeros ahora? Todo el pueblo vivía de eso. Eso te lo juro yo, que a no ser los pescadores, las demás estábamos todas trabajando ahí. Ahora da hasta pena eso. Todo sucio, roto, los dueños que son de pa allá de Bélgica, ni lo venden ni lo arreglan. Lo dejan ahí tirado y ahí se queda. Escombros pa nosotros.

Eso fue al principio, niño, ya no es lo mismo. ¿Dónde dices que están haciendo el hotel ese? ¿En medio de la playa? Sinvergüenzas. Se quieren quedar con toda la isla. Y no son sino extranjeros ricos de esos. ¿Y el otro de El Médano también sigue? ¿No decían que lo iban a parar? Anda, carajo.

46. MI HERMANO

Mis hermanas las que volvieron pal Norte siempre decían que teníamos otro hermano allá. Que mi padre había tenido otro hijo con otra mujer que vivía allá en el Puerto. Yo no sé si es verdad, pero que siempre se escuchó ese cuento.

Antes los hombres eran así, tenían hijos con mujeres y luego eran ellas las que no lo podían decir, eso era una ofensa pa la familia, tener un hijo antes de casarse. Se callaban y se quedaban madres solteras. No iban a buscar a los padres de los chiquillos pa pedirles nada ni pa que los mantuvieran. Tiraban ellas solas. Bueno, si tú supieses todas las que hay por aquí. Montones que no son de padre reconocido. ¿Y aquí en este pueblo? Te caes pa atrás si te cuento.

Que era un mujeriego sí es verdad. Porque siempre se dijo eso, que cuando joven tenía un montón de novias. Él mismo nos contó que una noche en las fiestas de La Orotava, iba él bien guapo preparado pa parrandear con los amigos y se tuvo que marchar corriendo pa la casa a la escondida. Se le juntaron la misma noche tres novias o tres chicas con las que hablaba de diferentes pueblos ahí en la fiesta, una del Puerto, una del Realejo y otra de arriba de La Luz. Pues las chicas ya sabían que hablaba con las demás y fueron con los hermanos a buscar a mi padre. Llegó a la plaza y un amigo suyo se lo dijo, mándate a mudar que te quieren matar esta noche. Según se lo estaba diciendo vio cómo iban por él. ¿Sabes qué nos dijo? Que saltó pal cementerio y durmió dentro de un nicho vacío esa noche. Bandido ese. Quién lo vería. Pues gracias a eso se salvó.

Mis hermanas se lo preguntaron una vez:

—¿Padre, usted tiene otro hijo ahí abajo? Se dice por ahí que Faustino es hijo suyo. Que usted es el padre.

Él miró pa ellas riéndose. Como si estuviesen hablando boberías:

—Y todos los que habrá por ahí que uno no sabe. Vete tú a saber si ese es o no es.

Una no sabe si lo dijo en serio o pa reírse de ellas, lo dijo como si le diese igual, como si no fuese con él, pero mucha gente en pueblo decía que sí, que era hijo suyo. Yo no sabía quién era, nunca lo había visto ni le ponía cara. Tampoco es que pensara en eso ni tuviese remordimiento de conocerlo ni quererlo como un hermano, sino cuando alguien lo nombraba una se quedaba pensando. Pero verlo algún día sí quería. Nada más por ver si se parecía a él.

Hace unos años fui al entierro de una mujer que conocía yo del Puerto. El marido también era amigo de la familia. Fuimos todas, mis hermanas, mis sobrinas y yo. Después de un rato ahí en el velatorio, casi ya de noche, me dijo el marido de la difunta:

—Mira, ¿ves aquel del bigote que está sentado al fondo con la chaqueta negra? Aquel que lleva la raya al medio y el sombrero en la mano. Ese es Faustino. Siempre dijeron que era hijo de tu padre.

Le dije al viudo que me acompañara, que quería hablar con él. Siempre había oído hablar de él pero nunca lo había visto cara a cara. La verdad que no se parecía en nada, pero ya que estaba ahí pues me acerqué:

—Hola, hermano.

Yo se lo dije más que nada por reírnos. No era que yo hablase en serio al decirle que era mi hermano. El hombre miró pa mí y se quedó bobo. Como diciendo, y quién coño es esta ahora. El viudo me dice:

—Cállate, muchacha, me estás haciendo reír con el cuerpo de mi mujer presente todavía.

—Buenas noches, señora. Encantado de conocerla, pero yo creo que usted está equivocada. Yo no tuve ni una hermana, yo soy yo solo desde siempre. Estará confundida con otro —me dijo Faustino.

—Yo soy hija de Pepe Clarín.

Se le cambió la cara. El hombre diría, ay, mi madre, lo que me vino a tocar a mí en un entierro. Yo le dije que estaba bromeando, que había escuchado ese cuento siempre. Él también lo reconoció, que se lo habían dicho un montón de veces, pero que no tenía ilusión ninguna de saber quién era su padre ni si tenía más familia. Que se le daba lo mismo uno que otro. Que él se había criado bien y feliz con su madre y con eso tenía.

Ahí estuvimos un rato hablando. Yo lo vi un hombre bueno, no sé. Se le veía tranquilo. Al final cuando ya nos marchábamos pa aquí abajo pa casa le dije:

—Bueno, pues adiós, hermano. Cuando quieras bajar unos días pal Sur estás invitado. Ahí tienes casa. Pero mira, no vengas pidiendo la herencia del viejo, eh.

Hasta al hombre le dio por reírse al final. Mira tú, la herencia del viejo, ni que padre hubiese dejado nada. Era pa hacerlo reír, por verlo. Vete tú a saber si estaba hablando con mi hermano de verdad, nunca lo cogí en serio eso yo.

47. NI LEER NI ESCRIBIR

Abre esa carta ahí. Vino el cartero ahora a dejarla y él tampoco me dijo de qué era. Antes sí sabía un poquito pero ya no me acuerdo de nada. Y encima que ahora no veo ni dos montados en un burro. Escribir sí que nunca supe bien. Escribía mi nombre y sabía firmar. Firmaba también con mi nombre, claro, eso era lo que sabía poner. Ahora cuando me piden que firme algo le hago un rebujón y ya está. Nunca es la misma, pero ninguno me ha dicho nada cuando firmo. ¿No te acuerdas cuando me hacías firmar las notas de los maestros cuando te portabas mal? Eras un zorrito tú, me decías que era pa ir a excursiones del colegio, hasta que te trincaron. Anda, tolete.

Al colegio sí fuimos. Tú qué te pensabas, ¿que éramos salvajes o qué? Íbamos a la escuela pública por las mañanas y por las tardes a casa de una señora que nos daba particular pa ver si aprendíamos un poco más. Pero qué va, éramos burras, no se nos daba a ninguna. Había gente que sí aprendía pero nosotras estábamos pensando ya en trabajar. El libro primero y el segundo lo aprendí, pero cuando empezaron a mandarnos libros grandes de esos, quita pa allá. No atinaba una. La vieja esa nos enseñó a leer un fisquito. Nos decía:

—La Eme con la A, Ma. Y la Eme con la A, Ma. Mamá.

Eso era lo que aprendimos, no te creas que mucho más. O por lo menos de lo que me acuerdo yo. El colegio era en La Vera, ese era solo pa las chicas. El de los chicos sí que es verdad que no me acuerdo dónde estaba. ¿Sabes de lo que me acuerdo como si fuese ayer? De la maestra peninsular aquella que era más ruin que el diablo:

—Uno, dos, tres, cuatro, cinco... hasta cuarenta. Abra esa mano, ni se le ocurra cerrarla, señorita.

¿Pa aprender a contar? Sí, bobo, esa ni quería enseñarnos nada, era una animal abusadora de esas. Los reglazos que nos pegaba en las manos. A nada que hacías ya sacaba la regla la maniática esa. También cuando nos arrestaba, iba detrás de la escuela, cogía el picón, lo echaba en el suelo y nos ponía de rodillas hasta que acabaran las clases. Salíamos del colegio con las rodillas en carne viva y mi madre nos alegaba porque nos manchábamos las lonas de sangre. De eso sí me acuerdo bien. ¿Quién va a estar pendiente de aprender así? Estabas más pendiente de portarte bien, de no salirte de nada de lo que decía ella pa que no te diera.

Despúes aquí en el pueblo ya estando embarazada de tu padre también fui a clases pa aprender a leer y a escribir. Vino una chica joven, creo que era de La Palma, pa enseñar a todas las viejas del pueblo. Bueno, vieja no era yo ahí si estaba embarazada. Ya tengo tantos años y soy tan vieja que a veces me pienso que fui siempre así. La chica lo hacía bien pero entre el trabajo, la casa, los niños, una no prestaba la atención que necesita pa aprender.

Una lo intentó pero en aquellos años que nos tocó vivir eran más importantes otras cosas. Sin leer y escribir sacamos la familia y todo. Mis hijos sí sabían leer y escribir y no duraron nada en la escuela tampoco. Pero eso era porque no querían, ellos querían trabajar. Y es verdad, al día siguiente de dejar el colegio ya estaban trabajando. Y hasta hoy no han parado. Así pudieron estudiar ustedes. Menos mal que mis nietos sí estudiaron. Aunque pena me da, tanto estudiar pa acabar en trabajos que no les gustan, trabajos malos de esos y no de lo que estudiaron. Yo no me quiero morir sin verte trabajando de algo que no sea en un bar.

48. UNA CAMADA DE TOMATES Y OTRA CAMADA DE MIERDA

Esta mañana dejaron una cagada justo en la puerta de casa. No la arrimó ni al macetero de la planta, cochina mierda. Los perros cagan en la calle, yo lo sé, pero el moñigo hay que recogerlo. O por lo menos poner al perro a mear y a cagar en las plantas o pa allá pa la tierra del llano. Si yo cojo al que fue o la que fue, le restriego la mierda por la cara. La cojo y se la pongo en todos los morros, me tiene aburrida ya.

Siéntate ahí, ponte un fisquito de café que hay hecho, te voy a contar cómo se las cobraban antes. No fue en el empaquetado de aquí donde trabajamos nosotras, fue en otro más arriba. Estábamos ahí porque nos mandaron prestadas una semana. En este la verdad que siempre se portaron, lo que tenían que pagar nos lo daban a primero de mes. Pero en ese que estuvimos unos días había montón de gente quejándose de que no les habían pagado el mes anterior y ya casi se estaba acabando el mes ese.

Se empaquetaba a montones. Toda la noche sin parar si hacía falta. Miles y miles de kilos que se mandaban pa La Inglaterra. Mira que comían tomates esos ingleses, muchacho. Se ponía así mira pa mí como lo hago, una camada de pinocha y encima otra de tomates, una de pinocha y otra de tomates. Pa que no se chocaran entre ellos y no se desconcharan. Iban envueltos en unos papeles finos pa protegerlos también.

La gente que no había cobrado no paraba de trabajar. Aunque no les pagaran ellos seguían porque si no ibas te echaban. No cobrabas nada y encima te quedabas sin trabajo. Había uno que desde el primer día que llegamos a ese empaquetado lo estaba diciendo:

—Ustedes tranquilos. ¿Ellos no pagan? Ya pagarán, por un lado o por otro van a pagar. O nos dan nuestro dinero o van a perder más de lo que nos deben. Yo no cobro, pero ellos tampoco van a cobrar.

Todo el día estaba ese rabiando. Hasta que una noche se cansó y les llegó la hora de pagar. El hombre cogió una de las cajas y puso una camada de tomate, se fue al baño y volvió con una bolsa. Metió la mano dentro de la bolsa y empezó a poner mierda en la caja. Una camada de tomate y otra de mierda, una de tomate y otra de mierda. Así hasta que llenó la caja y la cerró. La gente lo vio pero nadie dijo nada. Los camiones como siempre por fuera esperando con prisa. Subieron las cajas y rumbo pal puerto, al barco pa La Inglaterra. Cuando el barco llegaba a los días al puerto, allá en Londres se revisaba con un trabajador de la empresa a ver si estaba todo bien. Muchacho, cuando vieron esa caja de mierda les echaron toda la mercancía pa atrás. ¿Tú sabes cuánto dinero perdía la empresa por un solo viaje? Esa sí estuvo bien cobrada.

A los días pagaron. Porque estuvieron echando bulla pa ver si salía el culpable pero nadie dijo nada. Pagaron los sueldos y a seguir. Se hizo famosa esa historia en todo el Sur. Qué risa. Aquel se ponía:

—¿Ves tú como pagaron? Tenían que comer mierda los ingleses pa nosotros cobrar el jornal.

49. FLORES PA LOS MUERTOS

Había uno que tenía una floristería allá arriba que estaba siempre pensando en la muerte de los demás por su negocio. Sí, niño, yo sé que viven de eso pero llega cuando llega. Él estaba medio extraviado de la cabeza. Espera que te voy a contar. Pasamos un día y le dije a las chicas, vamos a ver a Florencio, yo no sé si se llamaba así o era por la tienda. Yo iba por sacarle de la lengua nada más:

—¿Todavía no ha muerto nadie?

—Todavía. ¿Cuánto hace ya del último? ¿cuatro meses? Y encima fue el hijo del que recoge el cobre, no gastaron un carajo, lo mínimo de flores compraron.

—Eso no es bueno, vives esperando siempre la muerte, casi llamándola, y encima no te vale cualquiera, te quejas cuando se muere el que no te interesa.

—Oh, pues no es lo mismo que se muera el hijo del que vende el cobre a que se muera el hijo de uno del ayuntamiento. Ahí me hago el año entero casi. Todos los adulones, las que le deben favores, los del partido, ahí saco coronas a montones. Cuando muere un pobre diablo de esos no vendo sino cuatro manojos de aulagas o tres o cuatro claveles sueltos. Eso a mí no me vale, no es que me alegre, pero uno tiene que ganarse la comida, mi niña.

Pues fue al mes y medio que murió el hijo del conserje del colegio, pobrecito, Dios lo tenga en la gloria. Las primas del Sur fueron y le compraron una corona en nombre de toda la familia. Pasé yo a ver al florista y seguía cabreado. Decía: mira tú, una familia tan grande, aunque sean pobres, una familia tan grande y ser tan rácanos pa comprar una corona entre todos.

A la semana pasé por delante de la floristería y lo vi privado:

—Ahora sí, niña, ayer murió el hijo del que tiene el hotel allí pegado a la playa, esta mañana vendí todo. Se llevaron todas las flores que tenía ahí fuera. Parece que Dios me estaba escuchando, la faltita que me hacía un entierro así. Se llevaron todas las flores caras, no dejaron sino la mierda, las aulagas, las helechas y poco más. Nada, te dejo que voy a cerrar ya y me cojo el día pa descansar.

¿Tú sabes quién fue al entierro del florista cuando se murió? Yo sola. Y fui nada más pa ver si alguien iba a echarle una flor. No tenía hijas, ni mujer, amigos tenía pocos. Los vecinos ricos no lo apreciaban porque quería que se murieran. Los vecinos pobres tampoco querían verlo porque los llamaba rácanos cuando se moría un familiar. No estábamos sino el cura, yo y dos ramitas de aulagas.

50. BRUJONAS

Yo estaba en la venta esperando en la fila, yo no estaba poniendo la oreja ni nada pero es que estaban todas hablando como cotorras diciendo que unas del Norte estaban curando a los enfermos y haciendo a la gente hablar con los muertos allá en la Punta del Viento. No, curandera no, bruja de esas. Las que juegan a la baraja y se ponen a hablar del futuro, tú sabes.

Llevaban un par de días así, que si le había quitado los males a la zapatera, que si la del pescado había hablado con su marido, mira tú, si al marido se lo había tragado la mar hacía veinte años. Yo no creo en machangadas de esas, tú lo sabes, pero como tu abuelo estaba siempre malito padeciendo del estómago, pues fui. Yo le decía a él que iba por eso, pa preguntarle por los dolores de la barriga, pero yo fui pa ver quién era, pa ver si la conocía de cuando yo vivía arriba. Pues claro, niño. ¿Tú te piensas que eso es como ahora que nadie se conoce? Si antes en el Norte nos conocíamos todas.

Pues fui embalada pa allá y las vi por detrás de los riscos de la playa. Eran montones alrededor de la mujer esa. Yo me fui metiendo por dentro del barullo y cuando la vi dije, ajá, la brujona mierda esta llegó desde El Puerto hasta aquí abajo. Se lo dije a las chicas, que esa era una mentirosa, una burlona que no quería sino sacarles las perras a todas. Esa creía en la brujería y que había hecho creer a todas las chicas en La Montaña. Cuando me vio se metió por el callejón corriendo.

Bueno, que si yo la conocía. Allá por donde vivíamos nosotras las tenía a todas locas, se hizo famosa. Las vestía con unas ropas que parecían del diablo y las chicas se ponían a correr por esa montaña, estaban como en el aire, como idas, fuera de la consciencia de ellas. Brujona del carajo, jugando con la fe de la gente. A una de las chicas la volvió loca de verdad porque le dijo que ella era la Virgen María, la ajeitó tanto que se lo acabó creyendo y la terminó volviendo loca que la internaron en una clínica. Claro, a una se le muere un familiar y de la pena y la desesperación te dan ganas de hablar con él. ¿Pero tú te crees que uno después de muerto va a hablar? Semejante toleta engañabobos.

Si fuese por eso yo ya habría hablado con mi marido, con mi hermana, con mis padres. Es tanto lo que yo les hablo, pero ellos no contestan. Hasta una hermana mía que antes de morirse me dijo, tengo una espinita clavada que no me quiero morir con ella porque no voy a descansar en paz. Yo a día de hoy todavía espero que se me aparezca y me diga qué espinita era esa. ¿Tú la has visto? Yo tampoco, y las brujonas esas menos todavía.

51. ¿ME CONOCES, MASCARITA?

Ya estamos en febrero. ¿No te vistes este año pal carnaval? A mí me encanta verlos vestidos desde siempre, desde que se vestía tu padre y tu tío y hasta tu abuelo, a ese sí le gustaba un carnaval. Se preparaban todos aquí en casa como haces tú ahora. Venía mi sobrina y los maquillaba, les peinaba las pelucas, hasta yo que no iba pa la fiesta me lo pasaba bien en esas fechas.

Pero mira, tengan cuidadito, que eso ahí arriba es peligroso. No sé yo si será como antes, pero antes se aprovechaba el carnaval pa vengarse unos de otros. Que sí, te lo juro, hasta de un año pa otro se esperaban pa cobrarse las cuentas. Iban con la broma de ¿me conoces, mascarita? Y ahí con la cara tapada le mandaban cuatro trastazos y lo dejaban frito a uno. En los años de Franco se llegó a prohibir taparse la cara, había que ir a cara descubierta, disfrazado pero que se te viera la cara. Pa que la gente no aprovechara y matase al que le tenía ganas.

Al padre de unos chicos que trabajaban con nosotras en la cocina del hotel lo mataron por carnaval. No arriba en Santa Cruz sino en un bar que tenía por allá por Buzanada. Se ve que el hombre en el bar había tenido alguna bronca con otros vecinos, eso nos dijeron los chicos, que la pelea había sido meses atrás. Pues los jodidos esperaron a febrero que llegasen los carnavales y aparecieron en el bar. Claro, allí toda la gente disfrazada, bailando, pegados, la música hasta los topes, pues aprovecharon y entraron. Dicen que entraron por la barra:

—Oh, Goyito, ¿no nos conoces, mascarita? Qué rápido olvidas.

Le mandaron diez cuchilladas por las costillas y lo dejaron encharcado dentro de la barra de su propio bar. Ahí se quedó. Ni justicia se hizo. Todo el pueblo sabía quiénes habían sido, pero si no hay cara no hay culpable. No sé si en el siguiente carnaval se las habrán cobrado. Mira a ver, yo no creo que ya se haga eso, pero si tienes alguna bronca pendiente ándate con ojo.

52. LAS LECHERAS

Nos subíamos en lo más alto del pueblo. No, a La Montaña no, tampoco tanto. Subíamos a un muro de piedra que había larguísimo en la orilla de la carretera. De ahí contemplábamos todo. Cabíamos tantas que casi entraban todas las hijas de Antonia la Arretranco, eran diecinueve. Te lo juro por Dios. Hasta les dieron un premio. Les dieron una casa grande bajando pal Puerto por tener tantas hijas. Decían que era Franco el que las regalaba, pero yo no vi a ese por allí dando nada.

De un lado del muro veíamos el campo fútbol. Ya lo quitaron ese campo, pero antes se juntaban los grupos de gente del pueblo y de los pueblos de alrededor también, no te creas, a la gente le gustaba ir a ver el Vera porque siempre había jaleo, algo pasaba siempre. Los que tenían perras pagaban y se echaban los vasos de vino dentro en la cantina. Las que no teníamos ni un duro lo veíamos de ahí arriba, del muro.

Casi en todos los partidos había pelea. Era gente dura, les gustaban las tanganas. Lo peor era cuando jugaban contra los de la Cruz Santa o los del Realejo. Había uno que vivía por encima nuestra que cuando ganaban los de La Vera soltaba un avestruz grande, fuerte monstruo, si tú lo vieras. Se echaba a correr con las alas abiertas hasta que los otros salían por La Montaña pa abajo.

Eran duros como riscos esos, sí. Y pal otro lado, cuando no había partidos, veíamos la carretera. Ahí era donde pasaba todo, ahí nosotras nos echábamos las tardes. Todo lo que pasaba en esa carretera, que era la principal, lo sabíamos nosotras. Hasta mi madre cuando quería enterarse de algo me preguntaba a mí o a mis hermanas, fíjate. No se nos escapaba una.

Había veces que veíamos ríos de leche cayendo por la carretera pa abajo. Ya sabíamos que habían llegado las lecheras de la Cruz Santa. Los policías siempre las esperaban en la curva y les pesaban la leche a ver si la habían mesturado con agua. Yo no sé cómo era, si pesaba tanto sabían cuando era buena o cuando estaba aguada. A la que trincaban se la derramaban toda carretera abajo. Y ahí estábamos nosotras, noveleras, corriendo río arriba a ver a cuál habían cogido y a gritarle: bandida, arranca pa allá abajo, mira que sabes, bandida...

53. VIDAS QUE VUELAN

Allá se quedaron muchas vidas. Y de allá volvieron muchas muertes. Compartimos todo, niño. ¿Cómo no vamos a compartir los muertos? Hay comidas que nos trajimos, el habla y en la música que escuchamos también nos parecemos. Al final se les acabó pegando hasta la hambre que llevaron los canarios el siglo pasado.

Cuando te digo que volvieron muchas muertes es porque es así tal cual. Muchos hijos de gente que se fue, que nacían allá en Venezuela, salían huyendo pa acá cuando hacían ruindades. Mataban a alguno, robaban los bancos o le hacían cosas malas a la mujeres y volaban pa acá a esconderse. Ellos pensaban que cuando pasaban los años no había memoria, pero nada más poner un pie en Venezuela los mataban. Bueeeno..., cuántos no sé yo de esos así. A montones. Aunque se estuviesen aquí veinte años viviendo, si un día decidían volver los estaban esperando y se la cobraban. Decían: Fulanito se vuelve pa Caracas, y a los días o la semana volvía la noticia de que le habían dado dos tiros.

Una vez vinieron unos parientes a quedarse unos meses aquí en casa, unos primos de tu abuelo. Las vacaciones no eran de dos o tres días, ya que se pegaban el viaje ese tan largo había que amortizarlo, se estaban un mes o dos. Pues ya cuando llevaban unas semanas aquí les dije, vamos a la misa que hay un cura de Charco del Pino que da la misa como los ángeles. Y ellos no querían, se habían hecho protestantes de esos y ya no iban a misa, pero cuando les dije que había estado en Venezuela un montón de años se pusieron como bravos, preguntando y preguntando. Que si era joven, que cuánto llevaba, que cómo era, que si era moreno y bajito. Pues al final fuimos, más por ellos que por mí.

Entramos por la iglesia, como otro domingo cualquiera que iba yo a la misa. Desde la puerta lo vieron y los escuché decir: «Marico, mira dónde estaba escondido». Yo pensé que iban a saludarlo como habían preguntado tanto tanto dije yo, serán amigos de allá. Cuando el cura vio entrar a esa gente por la iglesia se le abrieron los ojos como a un cherne, parecía que había visto a Jesucristo o al mismísimo diablo. No terminó ni de dar la misa, se metió corriendo pa dentro, pa la sacristía.

Yo les pregunté que si lo conocían, que si era del pueblo que estaban buscando. Algo malo hizo ese chico allá porque ellos no hacían sino decir: el mundo es chiquito y él se vino a esconder en el pueblo de al lado. Estuvieron tres semanas más en casa pero no hablaron más del cura, no me contaron qué fue lo que hizo pero desde ese día no lo vi yo más, se despareció. No volvió a dar misa en el pueblo. Mira tú, también es bobo el hombre, a esconderse aquí, si todos teníamos algún primo o algún hermano allá, las noticias volaban de un lado pal otro del mar, y las vidas también.

54. PREÑADA SIN NIÑO

Conchita la Jaquecosa le decían. Ya le tenía que faltar poquito, ya tenía que estar a punto de dar a luz. Tenía la barriga que se le reventaba. La veíamos todos los días en la venta, en los lavaderos, en la huerta detrás de casa. Nadie nunca le dijo nada porque no se le conocía novio ni era casada. Todo el mundo sabía todo lo que pasaba pero en aquellos años el silencio era más grande que la barriga de Conchita.

De un día pa otro desapareció. La barriga, la barriga, ella no. Ella estaba flaca como un guirre. ¿Yo? Ni por cuánto. Pero uno de los vecinos sí se atrevió a decirle:

—¿Ya nació la criatura?

—¿Cuál criatura está usted hablando, paisano?

—Hágase la boba, que estaba a punto de reventar y de ayer pa hoy estás vacía. ¿Dónde dejaste al niño?

—Métase en lo suyo, bocachancla. Qué niño ni coño niño, arranca pa allá. ¿Yo dije alguna vez que estaba preñada? ¿Alguien me escuchó o preguntó? Pues estese calladito.

El hombre fue a dar parte a la policía porque nadie sabía nada. Habían ido a preguntar a la casa cuna y allí ella no había dejado nada. Nos enteramos a los días, encontraron el cuerpito de un niño abajo en El Puerto, metido detrás de unas matas estaba el pobre. Era el de ella, claro. ¡Y yo qué sé, niño! ¡Qué voy a saber yo por qué lo mató!, ¿eres bobo? La policía la fue a buscar pa meterla presa, pero antes de meterla en la cárcel la hicieron pasear por todo el pueblo, así, con los brazos así estirados, con la criatura en las manos diciendo:

«ESTO LO HICE YO. YO SOY CULPABLE. DIOS QUE ME CASTIGUE Y NO ME RECOJA EN SU GLORIA».

Estuvo unos cuantos años presa, sí. Ya ni nos acordábamos de ella. Nosotras pensábamos que ya se habría muerto o que se habría ido pa otro lado a criar su vergüenza y el arrepentimiento. Pero qué va, volvió pal pueblo la valiente. ¿Y sabes? Se casó con uno que estaba podrido en dinero, de los ricos ricos, eh, no te creas que miserias. Y tuvo la poca vergüenza de volver al pueblo y volver a caminar por las calles donde paseó con el cuerpito en brazos. Después tuvo un chorro de hijos con el forrado ese, muchacho. Pa que tú veas como es la vida. A veces hasta los más ruines tienen la suerte con ellos.

Yo sé que antes era feo quedarse embarazada sin estar casada, pero tanto como pa matar a un niño, eso es de sinvergüenza, ¿sabes? Cuando yo me casé había una vieja aquí en el pueblo que le iba con el cuento a mi madre de que yo estaba embarazada, que por eso me casé. Yo no dije nada, yo sabía que no estaba preñada. Tu tío nació a los dos años de mi boda, fui con el niño en brazos a la casa de la vieja y le dije:

—Mire, el bebé de los tres años de embarazo, llevo preñada de este recién nacido casi tres años.

La vieja ni resolló. ¿Sabes por qué no me dijo nada? Porque su hija había parido al mes de casarse. Estaba preñada de antes. Eso pasa siempre, cuando te inventas los cuentos pa hacer daño...

55. EL QUE NO HAYA COMIDO QUE COMA

Déjalo, déjalo que presuma el muy tolete, que el viento te echa en la cara lo que escupas palante. Eso te lo juro yo. La vida te lo devuelve, ya verás, al tiempo.

Cuando nosotras éramos chicas allá en el Norte no teníamos nunca que comer. Mi madre nos mesturaba gofio con agua y a veces eso era lo único que echábamos a la boca. Se había acabado la guerra hacía poquito y casi nadie tenía pa comer. Casas de familia de ocho y diez hijos. ¿Tú sabes lo que es eso? Las madres se quitaban el pan de la boca pa dárselo a las hijas, mi niño. Sí, claro que menos mal que eso no lo tuvieron que vivir ustedes.

Había uno que tenía una ventita un poco más abajo de la casa nuestra. No es que fuese rico, pero como tenía la venta pues nunca le faltaba de comer. Él y todos sus hijos. Tenía una mesita en la ventana donde despachaba y ahí se pegaba todo el día sentado. Cuando pasaba la gente camino arriba y camino abajo se le escuchaba decir a él:

—Bueno, yo ya estoy comido. El que no haya comido que coma. Fuerte jartada pegué hoy. Jareas, papitas guisadas y gofio escaldado, me supo.

Sinvergüenza. Viendo a la gente pasar miseria y lo restregaba por la cara de las vecinas. Ni un paquetito de azúcar o de una barra de pan le daba a la gente que veía con necesidades, al revés, más lo restregaba.

A los años se metió en otro negocio con unos de fuera que le habían ofrecido ganar montón de dinero. Les dio casi todo lo que tenía pensando que se iba a hacer rico, pues el muy tolete se fue a la ruina. Le quitaron todo el dinero. Cerró la venta. Se ponía por fuera a malvender las cosas, la comida, los muebles del salón y todo. Le quitaron los cinco hijos que tenía y los repartieron por las casas que lindaban con la nuestra. Se quedó sin un duro y sin nadie que le echara una mano al hombro. ¿Tú sabes lo triste que es ser solo en el mundo?

Después las chicas ya nos pusimos a trabajar en lo que había y poco a poco fuimos sacando aunque fuese pa comer. También nos ayudábamos mucho. Si a ti te faltaba yo te prestaba y al otro día lo mismo, no había vergüenza ni pena con las vecinas. Nadie le debía nada a nadie. Con todos era así menos con el tolete ese. Después lo hacíamos a la ruindad, pasábamos las niñas por delante de la ventana donde había tenido la ventita y decíamos:

—¿Ya comiste, Artemio? Pues si no has comido, come. Fuerte jartada nos acabamos de pegar en casa de seña Leoncia. Plátanos guisados, pescado salado y hasta mojo había.

No, yo sé que tampoco está bien reírse de las desgracias ajenas pero eso no era maldad. Dios no nos castiga por eso. Castigado se quedó él por reírse del hambre de las inocentes.

56. EMPRESTADAS

Yo te cuento todo así pa que no se me vaya la memoria, por eso a veces te cuento la misma historia diez veces. Claro, bobo, hasta el médico me lo dijo, que si te pones a recordar las cosas de antes y a hacer cuentos no pierdes el tino. Y mírame, con noventa años me acuerdo de todito como si fuese ayer. A veces se me va la cabeza pero con cosas del día a día. Me acuerdo más de lo de antes, de las cosas cuando era niña, lo tengo todo más clarito. Me acuerdo hasta de los nombretes de las familias, de los vecinos de arriba. A nuestra familia nos decían Los Clarines, pero luego estaban Los Huérfanos, aunque ninguno era huérfano, Los Troquetanta, Los Veleros, Los Paisa, Los Marrajunco, Los Siete Conejos, porque habían tenido siete hembras, Los Cachimba y ya no me acuerdo de más. Bueno, pa tener noventa años y no ver a esa gente desde que era niña bastante que me acuerdo. Eran buenos vecinos, tengo yo un buen recuerdo de todos.

Cuando bajamos al Sur, que éramos niñas todavía, dos de mis hermanas estaban limpiando en una casa rica. Yo estaba trabajando en un empaquetado de plátanos, en el sindicato. ¿Qué esclavas ni esclavas, tú eres bobo? No seas bobo, anda, estaban ahí emprestadas. No me gusta que digas eso de esclavas, eh, ándate con ojo y estate calladito. La mujer las quería un montón, no hacían mandados ni nada sino pa limpiar y vivían ahí con ellas. A una de mis hermanas le cogió mucho, mucho cariño. La mujer esa nunca pudo tener hijas. Por eso creo yo que quería tanto a mi hermana, la veía como a una hija. Pues eso que te estaba diciendo. Cuando nos fuimos a venir del Norte pa acá la mujer esa le decía a mi madre:

—Ay, Rosalía, no te me lleves a las niñas, déjame aunque sea una aquí, ellas son como hijas mías ya. Si se van ellas se va a quedar la casa como vacía. Se va a escuchar el silencio y yo no puedo con el silencio, Rosalía.

A mi madre le daba pena, pero se quedó mi hermana allí con la mujer esa. ¿Que no es normal? Pues antes sí, mi niño, eso antes era así, les pagaban por trabajar y ellas estaban bien limpias y alimentadas allí. Mi madre habrá pensado que aunque la niña no esté con sus hermanas y sus padres iba a vivir mejor. No cargaba piedras ni tomates. No trabajaba todo el día con el sol pegándole en el cogote. Era solo limpiar. Y una no sabe, pero imagino en la cabeza de mi madre que también sería porque era una boca menos que alimentar aquí abajo en el sur. En vez de comer ocho ya solo había que alimentar a siete, y a mi hermana en casa de esa mujer no le iba a faltar de nada. Por eso seguimos teniendo familia en el Norte, bobo, las demás nos quedamos en el sur. Bueno, ya unos años después se volvieron tres más. Ya cada vez quedamos menos. Quedamos más vivas aquí en el Sur que arriba.

Ay, mi Norte, yo todavía lo echo de menos, ¿te puedes creer? Si no los tuviese a ustedes yo me iba a vivir pa allá yo sola. Si no tuviese a mi marido y a mis padres enterrados aquí, ya verías tú. Si cada vez que vamos a dar un paseo por ahí me desconsuelo. Aunque a veces lo pienso y yo creo que ya me hice un poco de aquí. Ya, yo sé que son más años en Las Galletas que en mi pueblo pero uno es de donde nace, eso es pa siempre. Tú no me hagas caso, de aquí no me mueve nadie ya, pero una por imaginar no le hace daño a nadie. Quién me vería, ¿eh? Con mis flores y mis plantas, mi Puerto, no qué va, pero ya pa qué, ya hice todo aquí y pa lo que me queda en esta fiesta, aquí la termino, aquí me muero.

AGRADECIMIENTOS

La lista de mi gratitud a mi gente es mucho más larga que este libro, no caben los que son, menos mal que todos los días les doy las gracias por ayudarme y estar en mi vida.

Gracias a mi madre y a mi padre, porque hace tiempo que entendí que me dieron todo lo que sabían y más de lo que tenían.

A mi hermana Paula y mi hermano Moi, por ser mi vida, mis primeros amigos.

Gracias, Andrea, mi amor, el lugar de paz y bondad donde quiero escribir.

Manuel Torres Chinea, Philomena Rogan y James Rogan, tardé mucho en escribirlo o ustedes se fueron demasiado rápido.

A mi amigo, Salvador Ochoa Lupiañez, gracias por leer todo esto desde que lo escribí y corregirme con confianza y cariño.

A mi amiga, Saioa Arellano, por sus fotos, por sus ojos y por tantos años de buenos deseos, al final llegó.

A Laura González, que supo verme cuando yo ni quería mirarme.

A mis primos y a mis tíos, la familia Torres Rogan, porque somos mejor equipo incluso que el Tenerife.

Gracias a Sonia y Marcos, me dieron la primera oportunidad.

Gracias a Plasson e Bartleboom y a mi editor, Dimas Prychyslyy, que tres años después de tener este manuscrito se acordó de mí.

A mis amigas y amigos, saben quiénes son, soy gracias a ustedes y a mi pueblo.

Y como siempre, es el principio y el final de todo. Gracias a Marcelina Elva Tena Negrín, mi abuela. A veces la vida cuesta pero a ti te pusieron en la mía para que pudiese aguantar y ver que también a veces es bonita.

Las Galletas se terminó de imprimir en algún momento entre el nueve y el dieciséis de enero de 2026, noventa y tres años después del incierto nacimiento de su narradora, Marcelina Elva Tena Negrín.